光文社文庫

文庫書下ろし

千《せん》手《じゅ》學園少年探偵團

真夏の恋のから騒ぎ

金子ユミ

光　文　社

この作品は光文社文庫のために書下ろされました。

目次

登場人物

永人《ながと》　現大蔵大臣・檜垣一郎太《ひがきいちろうた》の妾の子で、浅草出身。

慧《けい》　東京府内随一の大病院・来碕《きさき》病院の息子で、昊《こう》の双子の兄。

昊　東京府内随一の大病院・来碕病院の息子で、慧の双子の弟。

乃絵《のえ》　住み込みで働く用務員一家・多野《たの》家の一人娘。訳あって男装している。

東堂広哉《とうどうひろや》　千手學園の生徒会長。現陸軍大臣・広之進《ひろのしん》の息子。

黒ノ井影人《くろのいかげひと》　千手學園の生徒会副会長。黒ノ井製鉄社・社長の息子。

檜垣蒼太郎《そうたろう》　一郎太の嫡男で、永人の義兄。千手學園から謎の失踪を遂げる。

第一話「隠れ鬼」

千手學園学園長、千手源蔵《せんじゆげんぞう》の話は蝉のかしましさと同等だった。

「明日からの夏季休暇においてぇ、諸君らは常にここ千手學園のぉ、生徒たる自覚を念頭にぃ」

ミーン　ミーン　ミーン
東京府のど真ん中にあるとは思えない緑深き敷地のいたるところで大合唱している蝉の鳴き声と、学園長の長々とした話が合奏している。えーであるからぁ、誉れ高き千手學園の名に恥じぬよう節度を持ってぇミーン　ミーン　ミーン——

私立千手學園。資産家、千手源衛《げんえ》が明治期に創立した中等学校だ。政治家や軍人、企業家、華族といった全国の特権階級の子息が集まり、寄宿舎生活を送っている。

檜垣永人《ひがきながと》は今春からこの学園に転入した。ことの発端は、義理の兄である檜垣蒼太郎《そうたろう》の失踪である。永人の父であり、現大蔵大臣の檜垣一郎太《いちろうた》伯爵と正妻の八重子《やえこ》の間には、ほかに男子がなかった。そのため、庶子である永人が実母の千佳《ちか》から離され、檜垣家に入籍させられることとなったのだ。同時に義兄の蒼太郎が籍を置き、そして失踪の現場ともなったここ千手學園に入学することになった。

いざ入学した千手學園には、一癖も二癖もある生徒ばかりが集っていた。最初は大いに戸惑った永人ではあるが、慣れてきたせいか、今のところ毎日を楽しく過ごしてはいる。

その学園も、明日からしばしの休みに入る。やっとのことで学園長の訓示が終わり、生徒会副会長の黒《くろ》ノ《の》井《い》影《かげ》人《ひと》が終業式の閉会を宣言するや、生徒たちの顔つきががらりと変わった。

夏休みだ！

足取りも軽く、生徒らがウキウキと講堂から出て行く。永人もその波に紛れて寄宿舎に戻り、居室がある三階の回廊に出た。丸い形の寄宿舎のそこかしこで、解放された少年らの声が反響している。が、永人はそんな彼らとは少し違う感慨をもって夏の休暇の始まりを噛み締めていた。

千手學園の夏休み期間は、明日の八月五日から二十六日までの三週間だ。生徒たちは家族が迎えに来た者から順次帰省の途につく。終業式後に大半の生徒が帰省するため、正門付近には朝からそれぞれの家の車やら使用人やらが大挙して押し寄せていた。

「ねえねえ永人君！　永人君のお迎えも僕たちと同じ、明日のお昼だよね！」

傍らを歩く東京府随一の大病院、来碕《きさき》病院の息子、来碕慧《けい》が永人を覗き込んできた。彼の隣には瓜二つの双子の弟、昊《こう》がいる。

「おお、そうだよ」

「だから今日は一緒の部屋で寝ない？　しばらく会えないんだもん、徹夜でお話ししようよ。ねえ昊」

「どうせ寝ちゃうだろ、慧は。それに舎監の深山《みやま》先生に怒られるぞ」

「ええ〜」とむくれる兄をよそに、昊もちらりと永人を見た。

「檜垣。顔がさっきから暗いぞ」

「うん、僕も気になってたぁ」

はあ、と永人は双子の言葉に応えるように息をついた。

「だってよ、しばらくは檜垣の家にいなきゃならねえんだぜ」

「あっ。そうか。お母さんのところには帰れるの？」

「盆が終わったらな。そのままここに戻ってくるつもりだけどよ……ああ〜考えただけで憂鬱だぜ」

「でも檜垣のお義姉さん、優しそうな人だったじゃないか」

昊が首を傾げる。長姉の檜垣詩子《うたこ》のことだ。「まあな」と永人は頭をかいた。

「確かに、詩子さんは話せる人だけどよ……」

しかし脳裏に浮かぶのは、何かと感情的な義母の檜垣八重子、ことあるごとに見下した態度を取る次姉の琴音《ことね》の姿だ。加えて、まだろくに顔を合わせてもいない檜垣一郎太。一つ屋根の下にこの面々が集うなんて、想像しただけで怖気《おぞけ》が走る。

「浅草の見世物も真っ青だぜ。ろくろ首が雁首そろえて家の中にいるようなもんだ！」

頭を抱える永人を気の毒そうに眺めた慧が、「あれ」と声を上げた。

「浅尾《あさお》君どうしたの？　何か用？」

振り向くと、同じ三年生の浅尾がこちらを窺うように付いてきている。永人らに振り返られ、「ひえっ」と飛び上がった。

「な、ななななんでもない！　たっ、たまたま僕が行く方角にお前たちがいただけだ！」

その割には、ずい分と焦っているように見えるが。不審に思った永人が目をすがめると、

「あ」と浅尾は続けた。

「ひ、檜垣！　貴様、二学期の学年長の投票、忘れているのではないかっ？　早く舎監室に行け！」

「ハア？　学年長？　投票――あ」

言うや、浅尾はきびすを返し、せかせかと歩き去ってしまった。なんだあいつ。

慧が声を上げる。

「そうだよ永人君。投票してないの、永人君と、あと誰だって深山先生言ってたっけ」

五学年ある学年長は学期ごとに替わる。今現在、三年生の学年長は慧だが、新たに選び直す必要があるのだ。そこで夏休みまでに、推したい生徒（立候補したい生徒は自分の名前を書く）の氏名を明記して舎監の深山に提出する。夏休み中に深山が集計し、新学期初

日に新たな学年長が発表されることになっていた。

兄の言葉を受け、昊が答える。

「あれ。もう一人の未提出の生徒って、確か浅尾君じゃなかったっけ」

「えっ？　じゃあ浅尾君、わざわざ檜垣君にそれを知らせてくれたってこと？　どうしたんだろ。優しいね」

確かに。天敵、小菅《こすげ》幹一《かんいち》・幹二《かんじ》兄弟といつもつるんでいるというのに、なんの気紛れか。

「に、してもよ……」

次の学年長。「うーん」と永人は首をひねった。

「学年長かあ……慧の次だからな。誰でもいい気がするが」

「え。それどういう意味、永人君」

慧がそう口を尖らせた時だ。

「檜垣君」

背後から名を呼ばれた。ぎくりと永人は身を強張らせる。

「檜垣君」

また聞こえる。一聴、涼やかそのものの声音。しかし永人は聞こえないふりをして、そそくさと歩き出した。慧と昊が戸惑った声を上げる。

「永人くぅん？　ちょっと」

「檜垣？　おい、先輩が――」

うるさいうるさい。俺を呼び止めるな！

しかし、逃げる永人の足はあえなく停められてしまう。背後からがっしりと肩を摑まれたのだ。

「檜垣君。聞こえないかな？」

「あ、ああ〜……」

「おかしいなあ。結構大きな声で呼んだつもりだったのだけどね」

肩越しに、にっこり笑う彼の顔を見た。

千手學園生徒会会長、東堂広哉《とうどうひろや》。

背後にはいつも彼と一緒にいる黒ノ井影人が立っている。周囲の生徒よりひと際大人びた二人が並んで歩くと、それだけで人目を惹く。そろって端整なのは言わずもがな、その秀麗さにもそれぞれ違いがあり、二人が並んだ様子は学園の双璧と言うにふさわしく堂々としていた。

黒ノ井は学園内でも一位、二位を争うほどに背が高いのだが、見るからに鍛えているという感じではなく、それが彼の飄々《ひょうひょう》とした佇まいと合っていた。印象的な切れ長の瞳は伸びた前髪の黒色と溶け合って見えており、その色合いは濡羽色《ぬればいろ》という言葉がぴったりだ。知性的な中に、そこはかとない稚気や色気を含んだ彼の風貌をよく表している。

一方の東堂は肌の色が抜けるように白いので、濡羽色の印象がある黒ノ井と並ぶとなおさら白く見える。しかも髪と瞳の色は色素が薄く、茶色がかって見えていた。加えて整った顔立ちなものだから、一見すると人形のように見えなくもない。が、優しげでしなやかな佇まいの端々に豪胆さが垣間見える、決して油断ならない生徒だ。

白と黒。初めて見た時から、二人に対する永人の印象は変わらない。本来は真逆の色合いの二人は、いつもこうして一緒にいるだけで千手學園の威光を示しているのだ。

「いやいや本日もいい男っぷりですね東堂先輩、お天道様までカッカと照れちゃって暑いったらねえですすね」

「それはどうも。そう言う割に、僕から逃げているように見えたけどね」

「逃げるぅ？　あっしが？　いえいえそんなアハハハ、ハ」

嘘くさい笑い声が、口の中に引っ込んでいく。

東堂の張り付けたような笑顔が、さらにずいと迫ったせいだ。

「そんなヘビに睨まれたアマガエルみたいな顔をしないでくれたまえ」

「アマガエル……ずい分とまたちっちゃい」

「君に頼みがあるんだよ」

嫌な予感しかしない。が、今さら逃げ出すわけにもいかず、永人はまさにヘビに呑まれんとするカエルの心境で彼を見た。

「た、頼み？」

「これを詩子嬢に渡してくれないかな」

そう言うと、彼は一通の封書を差し出した。宛名には流麗な文字で『檜垣詩子様』と書かれている。

「この手紙を？　詩子さんに？」

「ああ。よろしく頼んだよ。ではまた新学期に会おう。ごきげんよう、諸君」

永人が受け取るや、東堂は隙のない身のこなしできびすを返して去っていった。後を追う黒ノ井が永人に素早く視線を送る。かすかに肩をすくめると、東堂とともに三階の回廊から姿を消した。永人は押し付けられた封書を手に立ち尽くした。昊がはっとしたように息を呑む。

「と、東堂先輩から檜垣のお義姉さんに……？　ま、ま、まさか、こ、恋文っ」

「ハア？」

「えーっ本当に？　うわあ！　て、ことは……永人君、東堂先輩と義理の兄弟になるかもしれないよっ」

「そんなわけあるか！」

冗談じゃない。万が一にもそんなことになったら、ろくろ首どころじゃない、檜垣邸が本物の恐怖の館になる。

が、来碕兄弟はすでに聞いていない。慧は目を輝かせて、昊はうろたえて、恋文がどうのと騒いでいる。永人は内心ため息をついた。

とはいえ、彼らが誤解するのも仕方がない。何しろ、数日前のあの出来事を二人は知らないのだから。

一陣の嵐のようだった海軍大将子息にまつわる騒動の直後、永人と東堂は新聞でとある記事を目にした。

『過日失踪せし女優阿田川雪子《あだがわゆきこ》　上海にて事故に遭ふとの報
阿田川重傷　同伴青年の死亡確認せらる』

阿田川雪子は今年の年明けに若い男と出奔した女優だ。この男こそが、誰あろう学園から忽然と姿を消した永人の義理の兄、檜垣蒼太郎なのである。この事実を知っているのは、学園からの脱出に手を貸した東堂と黒ノ井、永人、さらには檜垣一郎太のみだ。

記事の「同伴青年」とは、明らかに蒼太郎のことを指している。彼が死んだ？　かつて蒼太郎と親友だったという東堂は、この記事を見た当初いつになく取り乱し、永人やその場に居合わせた周囲の者を戸惑わせた。ところが、夕飯時にはいつもの顔で食堂を兼ねた集会室に現れたのだった。以来、あの笑みをずっと絶やさない。

ほとんどの生徒が彼の異変には気付いていないはずである。慧や昊もしかりだ。しかし永人は違った。作ったような端整な笑みの下で彼が何を考えているのか、まったく窺えない。あの悲嘆からの無表情。そうなのだ。彼は今まで以上に穏やかな笑みを生徒たちに向けているけれど、それは面に過ぎないのだ。永人の目には、彼が笑えば笑うほど、その下の素顔は無表情になるように思えた。

それは相棒の黒ノ井も同じらしく、彼もまた東堂の言動に戸惑っているようだった。失踪に手を貸してしまった、その悔悟から、いっそ泣いたり暴れたりしてくれたほうがよほど気が楽に違いない。

そんな東堂が詩子に宛てた手紙。蒼太郎のこととしか思えない。だけど、果たして彼女に何を？　恋だのなんだのと浮かれている双子の隣で、一人永人は不可解な思いで預けられた封筒を見下ろした。

それは東堂自身が、蒼太郎の死を知った時の顔色のような白い色だった。

昼食時の集会室は半分ほどの人数の生徒しか残っていなかった。ここにいる生徒も、昼食後にほとんどが帰省してしまう。永人はがらんとした食堂で、それでも学年ごとの机に座って昼食を食べていた。

夏の陽射しが照り付ける敷地内は蟬の大合唱で、その声が染み入る集会室は、人数が半減したというのに賑やかな印象だった。窓はすべて開け放たれており、時折吹く風が緑の芳香とともに、ほんのわずかに暑さを和らげてくれる。

水浴びしてぇなあ。気楽な浴衣姿になってよ、たらいに水を張って足を付けて、赤色の蜜をかけたかき氷食べてぇなあ。長屋の軒下に出した縁台に座って将棋を指して、隅田川を渡る屋根船を冷やかしながら、パッと夜空に花開く両国の花火が見てぇなあ——

「永人君。永人君。味噌汁。味噌汁こぼれるよっ」

慧の声にハッと我に返った。気付くと、味噌汁の椀と箸を持ったままボケッとしていたらしい。「どうしたの?」慧が訝《いぶか》しげに覗き込んでくる。

「永人君。顔がヘン」

「いきなり人の心を抉るな! な、なんでもねえよ。ちょっと考えごと」

「えー? 考えごとにしてはニタニタしてた〜」

「ニタニタって言うな!」

猛然と味噌汁をかき込む。すると、背後から声をかけられた。

「檜垣君。さっきは提出がギリギリだったね」

美術教師の千手雨彦《あめひこ》だ。その名の通り千手一族の人間で、飄々とした佇まいながらも腹の底が窺えない曲者《くせもの》である。とはいえ、教師の中では年若いせいか頼れる長兄といった存在だ。絵を描くことが大好きな昊にとっても尊敬できる教師なのである。

昼食のために集会室に行く前に、うっかり忘れていた学年長の投票用紙を舎監室に持参したらなぜか雨彦がいたのである。聞けば、今夜は深山が急用で留守にしているという。そのため、生徒全員が退出する明日まで、雨彦が舎監代理だというのだ。

「深山先生いないんだってぇ～嬉しいなあ」

一緒に舎監室に行った慧が目を輝かせる。これで今夜は自由に部屋を行き来できると喜んでいるのだ。

「檜垣君の後に浅尾君もすぐに飛び込んできたし。これで三年生は全員分そろった。今度はすぐに提出しなきゃダメだよ？」

そう言いながら雨彦が自分の席に着く。慧が永人を振り返った。

「そういえば浅尾君、なんかすごい機嫌悪かったよね。永人君のこと睨んでなかった？親切に教えてくれたり睨んだり、ヘンなの」

「さあな。もともと、ああいう顔なんだろ」

「家の車が迎えに来ていたからじゃないか？　正門前、生徒たちの家の車でごった返していたから。そのせいですごいあわててた」

「じゃあ、もっと早く提出すればよかったのにねえ。なんでそんなギリギリまで出さなかったんだろ？」

慧が首を傾げる。が、浅尾のことなどどうでもいい。「知るか」と素っ気なく答えた時、集会室の片隅で小さい泣き声が上がった。

見ると、一年生がしくしく泣いており、同級生に肩を抱かれている。子犬が二匹、寄り添っているかのようだ。「どうした?」雨彦が立ち上がり、彼らに声をかける。肩を抱く同級生が戸惑った表情で答えた。

「く、栗田《くりた》君の部屋のドアがイタズラされていて……」

泣いている生徒は栗田という名前らしい。「イタズラ」と聞いた雨彦が首を傾げた。

「イタズラ? どんな」

「ノブに赤い絵の具が塗られていたんです。だから栗田君の手が赤くなってしまって。すぐに消しましたが……」

「ええ?」

雨彦が戸惑った声を出す。なんだそれ? 永人も聞き耳を立てた時だ。

「檜垣」

向かいの席に座っていた小菅幹二が唐突に身を乗り出してきた。

「檜垣。お前が学年長に推薦した生徒の名前、当ててやろうか」

「ハ?」

「僕が当てたら、一回回ってワンと鳴け。どうだ?」

顔をしかめた。くだらない。が、ここで断ったらまたネチネチと面倒だ。

「構いませんぜダンナ。じゃあダンナが外したら、二回回ってニャアと鳴いてもらいましようか」

「よかろう。男に二言はないな？」

自信満々に幹二が言い放つ。なんだこいつ。慧と昊だけでなく、周囲の三年生が緊張した顔で両者を見た。

幹二がじっと永人の顔を睨む。そんなに見つめるなよダンナ、照れるぜ。と言おうとした時だった。

「穂田《ほだ》潤之助《じゅんのすけ》」

「えっ」

「え？」

「え」

「えええええっ！」

永人と来碕兄弟、そして潤之助本人が素っ頓狂な声を出した。永人はぽかんと口を開けた。

当たった。確かに、永人は潤之助の名を書いて出したのだ。

「当たったの？　正解？　えっ！　なんで永人君がジュンの名前書いたって分かったの幹

二君？」

慧がキンキンと声を張り上げる。一方の永人は驚いて言葉が出ない。

なぜだ。なぜ分かった。

潤之助の名を書いたのはつい先ほど、自分の部屋でだ。慧と昊にすら見せていない。舎監室に持って行った時、雨彦は見たであろうが、まさか幹二に話すとは思えない。

「……」

唯一、可能性があるのは自分が舎監室を出た直後に入ってきた浅尾だ。あの時、雨彦は永人の投票用紙を広げていた。浅尾が潤之助の名前を見た可能性は十分ある。

が、それをどうやって幹二に伝えるというのか。浅尾はそのまま帰省してしまって、集会室に入ってもいない。そして幹二は自分たちよりずっと前から集会室にいたのだ。

「ひ、檜垣君、小菅君」

潤之助が永人と幹二をおろおろと交互に見る。まるで彼自身が悪いことをしたかのようだ。

幹二が勝ち誇った笑いを浮かべた。

「まいったか檜垣永人。さあ！　約束だ。三回回ってワンと鳴け！」

二回増えてますが？　と言う気力もない。永人は言われるままに立ち上がり、その場で三回回った。

くっそ。なぜだ。なぜ分かった？
覚えてろよ。絶対突き止めてやるからな！
「ワン！」

夕飯時、集会室に集まった生徒の数はさらに減り、十人にも満たない人数になっていた。永人に来碕兄弟、潤之助、四年と三年の小菅幹一と幹二兄弟だ。この人数になると、自然と全員が一つの机にまとまって座っていた。十五分ほど遅れた小菅兄弟も、舎監代理の役を急遽仰せつかった雨彦も同じ机の席に着く。

永人は干物とご飯を同時に口に放り込みながら、幹二を睨んだ。

なぜだ。なぜこいつは俺が書いた潤之助の名前が分かった。気に入らねえ。対する小菅兄弟は涼しい顔だ。そのすかした表情にまた腹が立つ。

勝手に話題の中心にされてしまった潤之助が、おずおずと雨彦に訊ねた。

「せ、先生はいつ帰省されるのですか？」

「うーん。本当はここにずっといたいんだけどね。でもまあ、僕がいることで多野《たの》さんたちに迷惑がかかってもいけないし。みんなと同じく、明日には帰る予定だよ」

永人たちの微妙な空気に気付かない雨彦が、軽い声音で答えた。用務員の多野一家は夏休み中も学園に残る。休みとはいえ教師は誰かしら学校に来ているし、生徒がいない間にできる掃除や作業も多いようで、やはり多忙だという。永人は集会室の隅でお茶の支度をしている乃絵《のえ》をちらりと見た。

多野乃絵は用務員の多野夫婦の一人娘だ。が、女子禁制の学園の仕事を得るために、男子の振りをしている。短い髪に作業用の作務衣《さむえ》を着た姿は、どこから見ても少年にしか見えない。彼女の秘密を知るのは、永人と来碕兄弟、そして東堂広哉のみである。彼女の姿を目の端で捉えながら、永人はここ最近、ずっと言い出せずにいることを思い返した。

実は、母の千佳のお供で銀座に行く予定があるのだが、乃絵も誘おうかと思っていた。母が世話になっている客が宝飾店を構えたとかで、その祝いの席があるのだが、集まるのが女性ばかりのようなのである。そんな場所に男一人で行くのは気後れする。そこで彼女を誘おうかと思い付いたのだが……さて、なんと切り出そう。

「先生。先生はなぜ家業を継がず、美術の道を選んだのですか?」

ほかの面々より遅れて食べ始めた幹一が、雨彦に訊いた。夕飯時にするには胃もたれしそうな質問だが、すでに食べ終えている雨彦はけろりとした顔で答える。

「僕は兄が二人もいるからね。気楽な三男坊は自由にできたというところかな」

雨彦の父、松一《まついち》は千手源蔵の従兄弟だったと記憶している。蜘蛛の糸のごとく複雑に張り巡らされた千手一族の血統は日本全国に散らばっており、政治から商業、そして千手學園のように教育の分野までありとあらゆるところに根を張っている。雨彦の家は貿易商を営んでいる。海外の人々と接する機会の多かった雨彦が、長じて巴里《パリ》に留学したのは自然の流れであったのだろう。

「ですが。与えられた環境を活かし、国の発展になお尽くそうという考えには至らなかったのですか？　美術という分野は、男児たるものの模範になるには少し弱い気がいたしますが」

　幹一が食い下がる。今日は東堂も黒ノ井も不在のせいか、ずい分と大胆だ。彼の発言は、雨彦の美術教師という選択が無価値であると言っているのも同然だ。雨彦を慕っている昊の顔色が目に見えて変わった。

　けれど、雨彦は乃絵の母のエマが配ってくれた食後のお茶を啜りながらあっさりと頷いた。

「そうだね。少なくとも、僕に商売は向いていないよ。関わらないことで妙な損失を出さない分、君が言うところのお国のためになるね」

　雨彦の反応は、尻尾の先を摑んでも、するりと逃げていく猫を連想させた。捕まりそうで捕まらない。まったく手応えのない答えに、幹一は虚を衝かれたようだった。が、かすかに細めた目には、目の前の美術教師を侮っている色があった。彼にとって、音楽や美術などたしなむのは軟弱者のやることなのだ。

「君は？　やはりお父上の後を継いで警察官になるのかな」

雨彦が幹一に訊き返した。「はい！」待ってましたとばかりに幹一と幹二の兄弟が背筋を伸ばす。ほぼ同時に口を開いた。

「もちろん警察官を目指しております！」

見事な合唱だ。その表情は誇らしげだった。が、ふと永人は思う。

こいつら、これ以外に選択肢がないだけなんじゃねえか。だからこうも無邪気に自分の「未来」を思い描ける。永人は来碕兄弟、そして乃絵をそっと窺い見た。

もしも目の前に複数の道があるとしたら？　どれを選ぶかで自分の行く末がまるで変わってしまうとしたら――

「穂田君は？」

突然、隅で食後のお茶を啜る潤之助に雨彦が声をかけた。「はひ」と潤之助が妙な声を上げる。

「じ、自分ですか？」

「そう。穂田君は将来どうするか決めてるの？」

一同の視線が彼に集まる。普段、注目を浴びることがあまりないせいか、そのふくよかな頬がぷるぷると震えた。

「え、えっと自分は……大学に行って勉強して……会社に入ろうと思っています」

潤之助の言う「会社」とは、彼の父親が社長を務める『穂田製薬会社』だ。「昨今の情勢からして、新薬の開発は急務だからな」と、幹一も訳知り顔に頷く。

明治期に大流行したコレラ、そして三年ほど前に流行したチフスなど、感染症の脅威は尽きることがない。また、死因の一位である肺結核の予防、処方のための製薬は喫緊の課題である。加えて大戦下の政情不安による薬の輸入の不安定な状況も危ぶまれる。外国からの薬に頼る現状より、国内での研究開発が急がれているのは当然なのだ。

慧がなぜか我がことのように誇らしげに胸を張った。

「ジュンは真面目だし勉強が好きだし、きっといいお薬作れるようになるだろうな！　あ、だから永人君はジュンを推薦したの？」

言われた潤之助が顔を赤くして縮こまった。おずおずと永人を見るが、すぐにうつむいてしまう。幹二が慧に訊ねた。

「来碕。人のことで騒いでいるがお前はどうなんだ。やはり医者か？」

「ええー」と慧が首を傾げる。

「僕ぅ？　うーん、あんまり考えたことないんだよね」

「なんだ貴様。栄えある来碕大病院の名が泣くぞ」

「あっ、それに昊がいるもん。ねっ、昊」

弟を振り向く。唐突に兄に名を呼ばれた昊の目が揺らいだ。

「昊は僕と違って頭もいいし運動だってできるし。来碕病院は昊がお医者さんになって継げばいいよ」

「……」

「ね、昊。昊はお医者さんになるでしょ」

泳ぐ昊の目が、雨彦、そして永人の表情を捉える。永人は彼が聞かせてくれたことを思い出した。

双子は不吉と言われ、自分は未だに祖父に嫌われている。

だから、昊は常に病弱な慧を守り、いい子でいなければならない。

双子の間を、幹二のあざ笑う声が裂いた。

「つまりはいつまでも弟にくっ付いている金魚の糞か？　情けない。貴様ら、二人もいる必要はないのではないか？　顔も同じだし、一人で十分――」

昊が立ち上がった。幹二の襟首を掴もうと身を乗り出しかける。が、その動きはすぐにぴたりと止まった。

横から割り入った慧の手が、幹二の顔にお茶をぶちまけたからだ。

「熱っ、あ、あちちちち」

「撤回しろ」

あわてる幹二の目の前で、慧が湯呑茶碗を握りしめたままうなる。その低い声音は、普段の明るい彼とは別人のように硬かった。昊があっけに取られて兄を見る。

　幹一、幹二の兄弟が一斉に立ち上がった。

「何をする貴様！」

「無礼だぞ貴様！　謝罪しろ貴様！」

「貴様貴様うるさい貴様！　僕は僕だし、昊は昊だ！　僕たちは二人で一人なんかじゃないぞ！」

　どうやら、海軍子息騒動の際に言われた「来碕兄弟は二人でやっと一人」という言葉を根に持っていたらしい。

　それに気付いたのか、幹一がふんと鼻を鳴らした。

「図星をつかれて、ぐうの音も出ないか？　それで暴力に出るとは最低だな。ならば訊くが、来碕昊に比べて貴様の得意とすることはなんだ？　勉強も運動も人並み以下ではないか！」

「僕はバカだし運動もできないけど、先輩たちと違ってみんなに好かれてますから」

　とんでもないことを言って、べーと慧が舌を出す。昊と潤之助がのけ反りそうになった。

雨彦は、かろうじて吹き出すのをこらえたという顔で頰をもごもごと動かしている。さすがに教師たるもの、今の発言を肯定するわけにはいくまい。

　幹一・幹二兄弟の顔が怒りで真っ赤になる。

「な、なんと無礼な！　貴様こそ今の発言、撤回しろ！」

「いーやーでーすー、だって本当のことだもーん」

「ムキー！　貴様逮捕する！」

「へーんだ、じゃあ僕は幹二君が怪我しようと重病になろうと、絶対に来碕病院には入院させないよ〜だ」

その後も、「撤回しろ」「謝罪しろ」の不毛な応酬が続いた。昊は突然の兄の暴走に最初の勢いを削がれたのか、唖然としたままだ。見ると、集会室と厨房を行き来している乃絵が呆れた顔でこちらを見ている。「止めてあげなさいよ」と目で訴えているように思え、不承不承、永人は間に入った。

「まあまあまあ、ちょいと落ち着いて旦那方。今のは双方いけませんよ。お巡りさんもお医者さんも、どちらも世の中の役に立っている立派なご職業じゃありませんか。ね？　罵り合うなんざぁいけませんよ、そんな牛と馬がどっちが力持ちかってぇケンカして互いの尻をかじり合うような真似は」

「誰が牛と馬だ！　貴様のような三味線弾きの倅《せがれ》が口を出すことでは」

「ア？　都都逸《どどいつ》かますかゴラ」

「あー分かった分かった」

ぱんと手を打つ音が響いた。混乱の様相を呈してきた場がぴたりと静まる。

雨彦だ。

「うっかり妙なことを言い出した僕が悪かった。すまない。ここは一つ、僕に免じてお開きにして――」

とは言うものの、すでにささくれだった空気は変わらない。それを察した雨彦は、すぐに「もらえそうにないね」と肩をすくめた。おい、頼りにならねえな！

「よーし！　ではゲームで勝負を決しようじゃないか」

威勢よく叫んだ幹一が身を乗り出した。「ゲーム？」この場にいる全員が復唱する。

「しかも普通のゲームじゃつまらない。夏らしい趣向でいこう。そして負けたほうが謝る。どうだ？」

腕を組んだ幹一と幹二が慧を見下ろす。それに対抗するように、慧も腕を組んで小菅兄弟を見上げた。

「面白いですね。受けて立ちましょう！」

「慧！」

「で？　そのゲームとは？」

幹一がにやりと笑う。その邪悪な笑みとともに、彼は言った。

「聞いたことがあるだろう？　寄宿舎に伝わる怪談……『隠れ鬼』」

寄宿舎にはかつてAとBという二人の生徒がいた。非常に仲睦まじく、どこに行くにも何をするにも一緒の二人だった。だがある時、些細なことをきっかけに二人は仲違いしてしまった。以来、口もきかず、互いに素っ気ない態度を取り続けることになってしまう。

そんなある日、生徒らが寄宿舎内で「かくれんぼ」をすることになった。AとBも誘われて参加する。この時、Aが鬼になった。Bを含めた生徒たちが寄宿舎中に散らばり、隠れていく。程なく探しに出たAは次々と友人らを見つけていき、残るはBだけになった。この時、AはBの隠れている場所に気付いていた。仲違いする前に、二人でよくこもっては本を読んだり、語り合ったりしていた空き部屋だ。しかし、彼はBに気付かない振りをしてそのまま彼を放置してしまう。

ところが、夜になってもBは現れなかった。不安になったAはあわてて寄宿舎中を探し回るが、Bの姿はどこにもない。まるで溶けて消えてしまったかのようだ。生徒たちは青ざめた顔を見合わせ、Aは半狂乱になった。

そしてそれきり、Bは姿を消してしまった――

「以来、寄宿舎でかくれんぼをすると『見つけて』『探して』という声が聞こえるようになったという。Aに置き去りにされたBは、終わらないかくれんぼをするうちに、自身が鬼となって寄宿舎のどこかに今日も隠れ続けているのだ。そんな彼は今、こう呼ばれている。『隠れ鬼』」

真面目くさった顔で幹一が解説する。が、つまりはこれも教訓話みたいなもので、寄宿舎内でかくれんぼのような遊戯をするなという注意事項に、もっともらしい怪談がくっ付いただけではないか。何が夏らしい趣向だ。

あほくさ。永人は呆れ返るが、小菅兄弟と慧はやる気満々だ。

「つまり、かくれんぼで勝負しようということですね、小菅先輩？」

「その通り！　僕と幹二、貴様ら兄弟のうちそれぞれ一人が寄宿舎内の部屋のどこかに隠れる。それを見つけるという趣向だ。心が通じ合っている兄弟であれば、必ず相手を見つけ出せるはずだ！」

なんだその理屈。古今東西、たちの悪い大喧嘩をしているのは大概が兄弟だぜ。

しかし慧はいつもの可愛い顔はどこへやら、ふてぶてしく言い放った。

「やりましょう、かくれんぼ」

「ほう？『隠れ鬼』が出現するかもしれないぞ。怯えて腰を抜かすなよ？　では幹二、お前が隠れるのだぞ。いいな？」

「えっ」一方的に隠れるほうを任ぜられた幹二がかすかにうろたえる。

「ぼ、僕が行くのですか」

「当然だ。安心しろ、すぐにこの兄がお前を見つけ出してやる。我らの絆をこやつらに見せつけてやろうではないか！」

すでにこの三人以外、さっさと部屋に戻りたいと考えているのがありありと窺われる。が、そうもいかない。仕方ない、というふうに雨彦がため息をついた。

「分かった。君たちがやるというなら最後まで付き合おう。ただし。今夜のことはもうこのゲームでおしまい。明日以降、また同じことを言って互いを罵るようなことは金輪際しないように。いいね？」

やっと教師らしいことを言う。一同が頷いた。

そんなわけで、なんの因果か人気の絶えた夜の寄宿舎で「かくれんぼ」が始まってしまった。先攻が小菅兄弟、後攻が慧と昊。現在、寄宿舎内にいるのは多野家を除いてこの七人だけなので、部屋は空き放題である。そのうちの一室にそれぞれの兄弟のどちらかが潜み、残りの一人が探し出す。ただし開けられる扉は三つまで。三つ以内に見つからなければ負けとなる。

内密に相談できないようにと、慧の前に幹一が立ちふさがった。小柄な慧は、幹一の背中にすっぽり隠れてしまう。

「何するんですか小菅先輩っ」

「貴様ら双子が、目と目で合図し合わぬよう防御しているのだ」

「できるわけないでしょ？　そんなこと言って、先輩こそ幹二君と何か合図を送り合っているんじゃないですかっ？」

「失敬な！　そんな卑怯な真似をするわけがない！　さあ行け幹二！」

兄に促された幹二が集会室を出て行く。その背中は微妙に強張って見えた。彼が出て行って五分後に幹一が探しに行くことになっている。もちろん反則防止のため全員が同行するのだ。

なんでこんなことに。永人は天井を振り仰いだ。しかしよくよく考えれば、部屋は二階から四階まで五十部屋近くある。その中の一室を探し出すというのはなかなかに難易度が高い。永人はちらりと幹一を見た。

あの自信満々な態度。何かろくでもねえイカサマを考えているに違いない。ついぼやいてしまう。

「ったくよ、面倒なことになっちまったぜ。慧のヤツ。どうしちまったんだ」

「……きっと、ずっと気にしてたんだ。あいつらに言われたこと」

傍らに立つ昊がぼそりとつぶやく。その硬い表情を永人は見た。

二人で一人というやつか。確かにひどい暴言だ。改めて口にする気にもなれない。

「だから守らなくちゃ。僕が」

「……」

「慧を傷付けるヤツは絶対に許さない」

集会室の隅では、幹一が慧の行く先々に立ちふさがり、昊の視線から慧を遮っている。「ムギーッ、先輩邪魔！」「貴様ら双子は油断がならん！」叫び合う二人の周囲で潤之助がおろおろとしている。なんだ、案外仲が良さそうだな。

そんな騒がしい三人を見つめていた昊が、ふと永人を振り向いた。

「なあ檜垣。お前……将来はどうするんだ？」

将来。その言葉の意味する途方もなさに、永人はいきなり大海のど真ん中に叩き込まれた気がした。寄る辺もない、ふわふわ海中に漂うクラゲだ。

すると、幹一が壁にかかっている時計を見た。「五分経ったな」とつぶやく。一同を見回し、声を上げた。

「では諸君、始めようじゃないか。我ら小菅家と来碕家によるかくれんぼ勝負――」

その時だ。

けたたましい悲鳴が階上から響いてきた。

＊

まったく忌々しい双子だ。

幹二は真っ暗な寄宿舎の階段を怖々上《こわごわ》がり、三階の回廊に出た。庭に立つ外灯と月明かりが真円の形をした寄宿舎をほんのりと浮かび上がらせているものの、輪郭の大半が闇に溶け入っている。

なんでこんなばかばかしいことに。しかもどうして僕がこんな真っ暗な中、一人でどこかの部屋に潜まねばならない？　兄さんのヤツ、実は自分が行きたくなかったのではないか。だから隠れるほうを僕に押し付けたのでは？

温い風が吹き渡った。昼日中の刺すような暑さは薄れているとはいえ、やはり蒸し暑い。幹二はシャツの背中がじんわりと汗で湿っていくのを感じながら、適当な部屋の前に立った。幹二と兄の部屋は二階にあるため、ここが誰の部屋であるかは不明だ。ポケットから忍ばせておいたものを出し、ある工作をして、それから中に入った。

しんとした暗がりが中に充満している。他人の部屋の匂いが暑さに交じって鬱陶しい。幹二はあわてて暗闇に背を向けた。けれど、厚い闇が今にも背後から伸《の》しかかってきそうで息が詰まる。加えて脳裏をよぎるのは、例の怪談話、『隠れ鬼』だ。

一人部屋に取り残された生徒。いつまで経っても、誰も迎えに来てくれない。そうするうちに、彼自身が鬼となり果て、かくれんぼをすると現れる――

バカな！　子供だましもいいところだ。くだらん。ああもう、こんなバカバカしいゲーム、とっとと終わってしまえ――

冷たい風が首筋をなぶった。えっ。硬直した幹二の背後から、声が聞こえた。

「見つけて」

＊

「うわあああきゃあああ出たあああああ」

長々と尾を引く悲鳴が寄宿舎中に響き渡る。悲鳴の主がどこを走っているのか、集会室にいる永人たちにも分かるほどだ。程なく、蒼白な顔色の幹二が集会室に飛び込んできた。

「どうした幹二！」幹一が叫ぶ。

「出、出た、隠れ鬼、見つけてって言った、見つけてって言った」

幼児のように言葉を繰り返す。顔色が真っ青な分、妙に迫力がある。「はあ？」と慧が声を上げた。

「もう、そうやって先輩と脅かそうって決めてたんでしょ？ずるーい！」

「ち、ち、違う！本当なんだ、本当に『見つけて』って声がした！」

永人は昊と顔を見合わせた。潤之助は集会室の隅でガタガタ震えている。幹一が引きつった声を出した。

「う、嘘ではないのだな？　幹二。本当にそんな声が」

「嘘なんかじゃありません！　兄さんは信じてくれますよね！」

「お、おおもちろん」

頷く幹一の動きがぎこちない。その表情を永人はじっと観察した。

慧の言う通り、小菅兄弟の芝居かとも思ったが、どうも違う。幹二の動転ぶりは本物に見えるし（大体、こんな真に迫った芝居ができるほど器用とも思えない）、幹一はむしろ半信半疑で戸惑っているという感じだ。永人は雨彦を見た。

「行ってみますか、先生」

「そうだねえ。幽霊にしろお化けにしろ、何かあったら僕の監督不行き届きになっちゃうからね。で？　小菅君、何階のどの部屋に入ったの」

呑気な雨彦の問いに、幹二が「三階ですけど」と言ったきり言葉を濁す。どうやら正確な部屋が分からないらしい。永人は雨彦と頷き合い、集会室を出ようとした。

「僕も！」慧が付いてくる。もちろん昊も一緒だ。幹一が弟をじろりと見た。

「行くぞ幹二」

「えっ」

「当然だ。我らが何か不正をしたと思われたら、ことだ。確認しなければ」

いかにも渋々、という様子で幹二が兄に従う。

「み、みみみみんなが行くなら僕も!」

最後に、真っ青に震える潤之助が加わり、結局七人全員で集会室を出た。ぞろぞろと列を成して一階の回廊を歩きながら、永人は雨彦に訊いてみた。

「とりあえず三階全部の部屋を回ってみます？」

「そうだねえ。どの部屋か分からないのなら……あれ。というか、もしかして小菅君、部屋の扉をあわてて開けっ放しにしているかもしれないよ」

「なるほど。だったらすぐに分かりますね」

ところが。

三階の回廊に踏み入った七人は啞然とした。

十六ある部屋すべての扉が開いている。その様子は、ぽかんと口を開けた子供が闇の中に並んでいるような不気味さがあった。「な、なんだこれ」幹二が怯えた声を出す。

「さ、さっきまで扉など開いていなかった！」

「うーん」と雨彦が頭をかいた。

「これ、誰かいるのは確実だね。『隠れ鬼』にしては、まったく隠れていないものね」

冗談か本気か判断できないことを言いながら、雨彦が一番手近な部屋の扉のドアノブに触れる。「あっ」と幹一が声を上げた。

「さ、三階は我々が見回ります。先生方は二階やほかの階の確認をお願いします」

焦った声音。なんだ？　永人は内心訝った。なんか隠してやがるな。

雨彦が慧と昊、潤之助を振り返った。

「じゃあ三人は二階を見てきてくれる？　檜垣君は僕と四階に行こう」

「……はい」

慧たち三人がたった今上がってきた螺旋階段を下りていく。が、永人はわざと真向かいにある螺旋階段まで回廊を歩いた。開け放たれた扉のノブにさりげなく触れていく。雨彦も黙って永人の後をついてきた。

「――」

すると、一つのノブに奇妙な感触があった。

ドアノブ――

ハッとした。赤い絵の具。そして今、手に付いたもの。

「……そういうことかよ」

永人は独り言《ひとご》ちた。横に並んだ雨彦がそっと訊いてくる。

「何か分かった？　少年探偵君」

「やっぱりあいつらイカサマしてましたよ。ほら」

そう言って手に付いたものを見せると、雨彦は「なるほどね」と肩をすくめた。

「さっき、昼飯ん時の騒ぎ。おそらく、一年の部屋のドアノブに付いてたって赤い絵の具もあいつらの仕業でしょうね」

「ええ？　なんでまた、そんなことを？」

「うーん」と永人は頭をかいた。

「もしかして、俺のせいかもしれないですね」

雨彦がきょとんとする。首を傾げながら続けた。

「だからといって『隠れ鬼』の正体が判明するわけじゃないよねえ。彼らのイカサマと『隠れ鬼』は別だよね」

「そうでしょうね。今夜のかくれんぼは突発的だ。いくらなんでも、事前に『隠れ鬼』を仕込むとは考えにくい」

「たまたま『隠れ鬼』が潜んでいた部屋に、小菅君が入ったということか。ところで、その部屋どこだった？」

振り返り、通り過ぎた部屋の並びを見てみる。ドアノブに奇妙なものが付いていたのは、三つ向こうの部屋だ。永人の部屋のちょうど真向かいのあたり。

「あの部屋の生徒って――」

結局、二階から三階まで、七人以外に人の姿はなかった。集会室に再び集まった面々は、互いの顔を見合わせた。

「で？　どうする。かくれんぼはもうナシか」

永人の問いに、慧は「やるよ！」と意気込んだ。

「必ず昊を見つける。で、先輩と幹二君に謝ってもらうんだっ」

肝心の小菅兄弟はすでに戦意喪失しているようだが。幹一がこめかみに青筋を浮き上がらせながらうめいた。

「貴様……事態が分かっているのか？　それどころじゃないぞ。寄宿舎内に不審者がいるんだぞ」

「分かってますよぉ。でもそれは永人君が見つけてくれるから大丈夫！」

「おい。勝手に頼るな」

すると、慧が雨彦のほうに向き直った。

「先生。かくれんぼ、続けさせてください」

「……」

「僕は、必ずこの勝負に勝たないとならないんです」

いつになく真面目な声音に、雨彦がかすかに目を細める。昊が呆然と「慧」とつぶやいた。

やがて、雨彦がため息をつきながら首を振った。

「まったく、とんでもない日に舎監になっちゃったな。分かった。この勝負、最後までやり切ろう」

「先生！　不審者がいるんですよ？」

幹一の悲鳴のような言葉に、雨彦が頷いた。

「だから昊君には僕がついていく。慧君には檜垣君。小菅君と穂田君は集会室で待ってて。多野さんたちも一緒にいてもらう。で、勝負が終わったら、いっせいに不審者を探そう」

「そんな悠長な。それに来碕慧につくのが檜垣一人では、イカサマされても我々には判断できない」

「イカサマぁ？　あ〜たとえばドアノブに何か付けておくとか？　お、そうだ。穂田、お前と同室の生徒、誰だっけ」

永人の言葉に、ぎょっと小菅兄弟が目を剝《む》いた。永人は手をひらひらとさせ、にっと笑った。

「え？　同室？　あ、栗田君」

「お前の部屋のドアノブ、絵の具が付いていたんだろ？　大丈夫だったか？」

「うん」と戸惑いながらも潤之助が答える。

「栗田君がすぐに拭き取ったから。だけどイタズラの犯人は、チューブから直接絵の具を出して、ノブに擦り付けていったみたいなんだ。手が真っ赤になっちゃって、栗田君落とすの大変だったって言ってた」

「誰がなんのためにそんなことしたんだろうね、ひどいよね」

憤慨した様子で慧が口を尖らせる。「まったくだ」としみじみ首を振りながら、永人は小菅兄弟を睨んだ。二人があわててそっぽを向く。

一年生の栗田、潤之助の部屋のドアノブに絵の具を擦り付けたのは浅尾だ。永人が学年長に誰を推薦したのか、小菅兄弟に知らせるためである。

この企みが発動したのは、昨日集会室で深山から投票用紙の未提出を告げられたところからだろう。小菅兄弟は同じく未提出の浅尾を使い、永人が誰を推薦したのか盗み見ることを思い付いたのだ。そうして見事的中させた振りをして、永人をやり込める。

計画は簡単だ。浅尾は永人の動向を監視し、舎監室に投票用紙を持って入ったところに続けばいい。折りたたんであっても、深山の気をそらせるなどすれば盗み見ることは十分可能だ。

が、誤算は浅尾自身が帰省する間際まで永人が提出しなかったことである。おかげで、小菅兄弟に永人が推薦した潤之助の名前を告げる余裕もなく退寮しなければならず、窮余の策で彼の部屋のドアノブに自身の学用品の中から取り出した赤い絵の具チューブの中身を擦り付けておいたのだ。幹二は集会室でドアノブにイタズラされた栗田の同室生徒が潤之助だと気付き、浅尾からのメッセージに違いないと確信した。それで先ほど、見事永人が推薦した生徒の名前を当てたのである。

まったくもって悪知恵が働く。が、今までにもこの方法を用いて何らかの目印にしていたのかもしれない。目を付けた生徒の部屋の扉に何かを付けておく。でなければ、なんの打ち合わせもせずにこんな行動を取れるはずがない。

今も、一つの部屋のドアノブに飯粒が付いていたのだ。まだ柔らかかったから、つい先ほど付けられたものだ。かくれんぼ勝負の話が出た時、ご飯の入った膳が残っていたのは遅れてきた小菅兄弟だけだ。幹二は兄に隠れる役を任ぜられた時、ひそかに飯粒をどこかに忍ばせておいたのだろう。それを取っ手に擦り付けた。探す時、ノブをひねるのは幹一だけと決めておけば、イカサマをしたとばれずに部屋を突き止められる。もちろん、怪しまれないように最初の一、二回はわざと失敗する予定だったのだろうが。

慧と昊はイカサマにまったく気付いていない。言うぞ。永人は目で脅した。お前らがイカサマしたと言うぞ？　すると、幹一がくっと唇を嚙んでから言った。

「ま、まあいいだろう……この事態だし仕方あるまい。来碕。イカサマするなよ」

「しません！」憤慨した様子で慧が答える。

「来碕の家の名誉にかけて……医者は嘘をついちゃいけないんだ。人の命を預かっているんだから」

そして昊を見る。じっと弟の目を見つめてから、つぶやいた。

「今年は晴れるといいな」

昊の目が見開かれる。晴れるといい？　なんだそれ。慧は弟の肩をとんと突くと「じゃあ隠れて！」と言った。そんな兄を振り返りつつ、昊が雨彦とともに出て行く。

二人の遠ざかる足音が絶えると、集会室には濃い沈黙が落ちた。昼間の暑さはすでに遠い熾火《おきび》のようなもので、寄宿舎を包む闇は刻一刻と深まっていく。それに加え、生徒らの騒動をよそに鳴く虫の声が、リリリリ、コロロロロと四方八方から響いていた。

夏だなあ。永人はどこか呑気に考える。

去年の今頃は、まさかこんな場所で夏の虫の声を聞いているとは予想もしなかった。まさに急転直下、生きるとはつくづく予測できない。

ふと、昊に訊かれたことを思い出した。将来はどうする？

「……」

分からない。

勉強はしたいと思う。知らないことを知りたいと。そうして、何か役に立てたいと。だけどまだ、具体的な形になっては見えてこない。檜垣家を継ぐという途方もない事実もまったく実感が湧かない。

気付くと、雨彦に頼まれた多野柳一《りゅういち》が集会室の隅に立っていた。エマと乃絵は厨房にいるようだ。とっとと集会室を閉めて学校の見回りに行きたいであろうに、彼らにとっては迷惑なことだ。

やがて慧が口を開いた。

「五分経った。昊を探しに行こう永人君！」

集会室を出ると、虫の声がいっそう高まった。永人はスタスタと前を歩く慧に声をかけた。

「おい。お前、なんか変だぞ。どうした。小菅の奴らがろくでもないことを言うのはいつものことだろ」

「永人くぅん」

「……なんだよ」

とっさに身構える。こいつが子犬の鳴き声みたいな声音を出した時は要注意なのだ。

「僕さあ、永人君に言われるまで自覚してなかったんだけど、もしかしたらひねくれてるよね」

「ブホッ。いや気付けよ」

「だって誰も僕にそう言ってくれなかったもん！」

曲がりなりにも病弱なのは本当なのだ。周囲に甘やかされ、多少のことは大目に見てもらっていたということだ。

「でね。気付いたんだけど、僕ってムカーッてくると、すごくヒドイことを考えたりするの。小菅君たちとかね、探偵小説みたいに完全犯罪を考えて……刺してやろうかとか」

「えっ？　お、おいおいおいおいおいおいおい」

「やらないよ？　でも、やりたくなっちゃう自分がいるの。だけど悪いことだって知ってるから、考えないようにするの。そうするとすごく疲れる。だから、昊を守りたいの」

「あ？」

ちょっと待て。話があっちこっちに飛んで、まったくわけが分からないぞ。

「待て。悪いことを考えたくないから、昊を守りたい？　ん？」

「僕たちは二人で生まれてきたよ。それは不吉なんだって。お祖父様が言うには、僕が正解で昊が間違い」

「……チッ。胸糞悪《わり》ぃ」

「だから僕が間違いになれば昊が正解になる」

思わず慧を見た。そんな永人の服の裾を、慧がぎゅっと摑んでくる。

「昊は医者になるんだ」

「……」

「立派なお医者さんになって正解の人生を歩む。二人で一人なんかじゃない。いなくても良かったなんて、誰にも絶対に言わせない。僕は昊を守る。お兄ちゃんだから。だから、昊にひどいことをしたり言ったりする奴を見ると、僕、自分が怖くなるの。で、疲れる」

「慧」

「だから小菅君たちには必ず謝ってもらう。悪いことを考えたくないから」

真剣な顔で慧がつぶやく。相手を守りたい。慧も、昊も同じことを言う。つい、永人は天を振り仰いでしまった。

まったく、めんどくせえなこいつら！

「あのさ」ぼそりとつぶやいた永人を慧が見上げる。

「お前が何かしそうになったら……俺が止めてやるよ」

「……」

「だからよ。なんかこう、モヤッとしたらまずは俺に言え。小菅のアホ兄弟が相手だったら、俺が蹴り飛ばしてやる。お前の親父さんやじいさんだったら……まあ、穴でも掘ってやるよ」

「穴ぁ？」

「そ。で、その中にバカヤローッて叫べ」

慧が永人をじっと見つめ返す。

「お前に何かあったら、昊は悲しむぞ。それはお前にとって一番したくないことだろ？」

「……うん」

「だったら、悪い気持ちになったら俺に言え。まずは神田川に放り込んで頭冷やしてやる」

「それが檜垣探偵のやり方なんだね！　事件が起きる前に解決しちゃう！」

目を輝かせた慧が抱き付いてきた。螺旋階段を上り始めていたものだから、二人して転げ落ちそうになる。

「危ねっ、落ちる落ちる！」

「永人君大好き！」

「いいから離れろってぇ」

しかし慧はガッチリ抱き付いて離れない。ぎゅっと永人の胴回りに腕を回したまま、つぶやいた。

「ねえ。永人君は、怖くならない？」

「あ？」

「自分の未来が。一年後とか、五年後とかどうなっているのかなって」

「……」

「昊は医者になる。じゃあ……僕は？」

抱き付いたまま慧が見上げてくる。

「……俺に分かるわけねえだろ」

「檜垣探偵でも？」

「占い師じゃねえっての。それより、昊を探すんだろ？　絶対ぇ負けられねえ戦いなんだろうが」

「ぐふふ。僕たちが負けるはずないもん。昊はちゃあんと僕の思った部屋に――」

そう言いかけた慧が首を傾げる。

「隠れてるかな？」

「知るか！　つーか、そういうのって双子のなんかで通じ合うもんなんじゃねえの」

「うーん。ついこの前まではそう思ってた。僕の考えること、昊は全部分かってる。もちろん僕も。だけど……この頃は少しだけ、少しずつ、分からなくなる時がある。あの子のこととか」

「あの子――」

「ねえ永人君。一年後、五年後、十年後、ずーっとずーっとこの先、僕と昊、一緒にいられる？」

返事に窮する。そんな簡単に答えられるかよ。すると、慧がさっと離れた。一気に階段を駆け上り、二階の回廊に出る。扉に付けられた木札を見上げては並ぶ部屋の名前を確認し、やがて一つの扉の前でぴたりと止まった。まったく迷いのない足取りだった。驚く永人の目の前でドアノブに手を伸ばす。けれど、すぐにおそるおそる振り返った。

「いなかったらどうしよう」

「……そりゃ分からねえよ……だけどよ。いいじゃねえか、間違えたって。またやり直せばいい。何度でも」

「三回までだよ。選べるのは」

「あれ、そうだっけ。ははは。まあとにかく、俺はここにいるから。お前が昊を見つけるまで」

そう言った永人を、慧がまじまじと見つめる。眉を八の字形にくしゃりと下げると、情けない顔で笑った。

「僕ね、永人君と会えて良かった。本当に良かった」

それから扉に向き直り、ぐっと息を呑んだ。二、三度扉を叩いてから、さっと開く。

「昊、見ーつけたっ」

えっ、本当に？　永人はあわてて慧の背後から部屋の中を見た。そして唖然とする。

部屋の暗がりの中には、永人同様あっけに取られた雨彦と昊が立っていた。「昊！」駆け寄った慧が勢いよく弟に抱き付く。

「な、なんで？　なんで分かった？」

「来碕君も、迷うことなくこの部屋に隠れたからね。二人の間では、とっくに打ち合わせ済みだったってこと？」

雨彦も首を傾げる。むふふと慧が笑った。

「打ち合わせはしてないです。けど、昊なら分かると思って。僕の言葉で」

「言葉……あっ。もしかして〝今年は晴れるといいな〟ってやつか？」

しかし、なぜそれで分かるのか皆目見当がつかない。雨彦と永人に視線を向けられた昊が、おずおずと口を開いた。

「慧は、お墓参りの日の天気のことを言ったんだと思います」

「お墓参り……ああ、お盆」

「はい。これは昔から、来碕家の夏の一大行事で……えっと、その」

急に言いづらそうに口ごもった昊の言葉を、慧が引き取った。

「お祖父様がね、お墓参りの日に天気が悪いと、ご機嫌を損ねちゃうの！　で、そのたびに僕たちの日々の修練が足りないからだ〜って言うの。だから晴れたらいいねって！」

昊の顔が曇る。彼の存在を認めていないという祖父は、そう言うことで言外に昊を責めているのかもしれない。それを身近にずっと見てきた慧。昊を傷つけられるたびに、悪いことを考える。彼の言葉を思い出した永人は、この双子の親密さを改めて垣間見た気がした。

くそっ。自分のことでもないのに、胸が焼けるような思いがする。クソジジイが。下駄で頭をはたきてぇ。

「まあ、慧の言葉が墓参りを指していたってのは分かったけどよ……それとこの部屋とどういう関係が」

「部屋の名前。見てみて」

　慧の言葉に、永人は部屋の扉にかかる木札を見た。

「……〝若菜《わかな》〟」

　この部屋の名前は若菜。二階の部屋は、〝紅鳶《べにとび》〟や〝虫襖《むしあお》〟など、変わった名前が多い。

「死んだ母の名前と同じです」

　うつむく昊がつぶやいた。

「この部屋の名が母の名前と同じだと、僕も慧もとっくに気付いていました。口に出して話したことはなかったですけど……だからさっき、慧がお墓参りのことを言っているのだと分かった時、すぐにこの部屋を指していると気付きました。墓参りの日は、みんな母のことを想っていますから。僕たちを産んで一年もしないうちに亡くなった母のことを」

　語尾が消え入りそうになる。そんな彼の右手を、慧が左手でぎゅっと握る。「お見事」と雨彦が手を叩いた。

「双子は普通の兄弟より以心伝心すると聞いたことがあるが……見事、小菅君たちに勝ったね」

　勝ったという言葉に、慧が顔を輝かせる。「やった」と小躍りしてから永人を振り向く。

「じゃあ次は『隠れ鬼』を見つけないとね。どこから探す？」

永人は雨彦と顔を見合わせた。

「まあ……おびき出せないこともない」

永人が肩をすくめると、来碕兄弟がそろって不思議そうな顔をした。その表情は、酷似しているようで、やはり違う。

慧、そして昊だ。そんな当たり前のことをつくづくと思い、永人は笑った。

*

潜んだ舎監室の扉をそっと開け、彼は寄宿舎の様子を窺った。

最初に自分の部屋に小菅幹二が入って来た時は、何がなんだか分からなかった。が、すぐに残った生徒でゲームらしきことをやっているのだと気付いた。寄宿舎のかくれんぼこと『隠れ鬼』か。見つけてもらえなかった生徒が鬼と化し、寄宿舎内でかくれんぼをする生徒たちにささやくという、なんとも安易で他愛のない怪談だ。

そこで、彼は空室と思い込んでいるはずの幹二を脅かすつもりで、噂通り「見つけて」とささやいてみたのだった。効果はてきめん。仰天した小菅幹二は情けない悲鳴を上げると部屋を飛び出して行った。再び、一人で闇の中に残された彼は考えた。

きっと何がいるのかと確かめにくるだろうな。

そこで幹二が集会室に戻った気配を確認してから、そっと部屋から出た。そして三階の部屋の扉をすべて開けて回った。程なく、集会室に近いほうの螺旋階段から一行が上ってきた。彼は向かい側の階段から足音を忍ばせて下りながら、ほくそ笑んだ。全部開いた扉を見て、ヤツらはどんな反応を見せるかな。驚くかな？

その後、彼は深山が不在のために無人になっている舎監室に潜んだのだった。扉を細く開けて様子を見ていると、程なく一行がすぐ隣の集会室に戻ってきた。彼らは何やらしばらく話し合っていたが、やがて来碕兄弟の片方（どちらかは彼には判断できない）と美術教師の千手雨彦が階上へと上がっていった。それから五分ほどして、今度はやはり来碕兄弟の一人と檜垣永人が階上へと向かう。この期に及んで、まだ何かしようとしているらしい。

ぐうう。彼のお腹が鳴った。

まいった。まさか家の迎えを一日勘違いしていたなんて。このままいない振りをして寝ていればいいかと思っていたが……動いたらお腹がすいた。小菅幹二さえ部屋に飛び込んでこなければ、朝まで大人しくしているつもりだったのだが。

その時、階上に行っていた檜垣たちが戻ってきた。向かい側の螺旋階段から中庭を突っ切りながら、池のあたりで来碕兄弟の一人が大声を上げる。

「えーっ、先生って降霊術が使えるの？」

この甲高い声は兄の慧のほうか。丸い寄宿舎にうわんと反響し、やけに鮮明に舎監室の中にまで届いた。降霊術。彼の耳がそばだつ。

「降霊というか……霊感みたいなものかな？　巴里に有名な霊媒師がいてね、彼曰く、僕は霊感がとても強いそうだよ。彼にやり方を教えてもらってね、霊魂の姿かたちも描くことができるようになった」

「霊魂っ？　じゃ、じゃあこれはその霊感を使って描いた絵ということですか？」

来碕昊も驚いた声を上げる。降霊。霊魂。姿かたちを描く？　彼の興味がどんどんふくらむ。

「意識を集中させるんだ。そうすると、さっきみたいに自動筆記のように手が動き出す」

「えーっすごいすごい！　じゃあ、これが『隠れ鬼』の姿？」

中庭から回廊に踏み込み、舎監室の前を通り過ぎる美術教師の手には、一冊のスケッチブックがあった。来碕兄弟が競って覗き込んでいる。

後に続く檜垣永人が続けた。

「でも、外部の侵入者という線も捨てきれねえ。みんなでもう一度寄宿舎中を捜しましょう」

一行は舎監室の前を通り過ぎると、集会室に入って行った。しばらくして、多野家を含む中にいた全員が外に出てきた。寄宿舎中に散らばっていく。彼は闇に身を潜ませたまま、今の言葉を全身で反芻《はんすう》した。

降霊術。霊感。自動筆記。響きだけでゾクゾクする。

この学園には、ありとあらゆる〝呪いの噂〟がある。生徒が消える『懲罰小屋』だの、夜中に寄宿舎の回廊に現れる『回廊の白蛇』だの、秘密の会話が悟られてしまう『サトル』だの。

中には正体が摑めない噂もあるが、その大半は突き詰めてみれば合理的な説明がつく。今夜、彼らがやっている『隠れ鬼』など最たるものだ。単なる教訓、指導的内容に落ち着く〝呪いの噂〟や怪談ほどくだらないものはない。

それでも、この学園には本物の〝触れてはならないもの〟がある。彼はずっとそう感じていた。身も心も震撼たらしめる、畏怖させる何かが千手學園には潜んでいる。この直感は彼を興奮させるものではあったが、周囲の生徒に話したことはなかった。全国の特権階級の子息が集まる学園なのだ。うかつな一言が我が身の足を引っ張りかねない。そう思い、ずっと自分の趣味嗜好を黙してきた。

けれど、その沈黙は唐突に現れた彼の前で破られた。

檜垣永人。

嵐のような檜垣永人の言動は、ささやかれていた〝噂〟をことごとく白日のもとにさらし、生徒たちを巻き込んだ。その自由闊達さにつられ、彼は初めて秘めていた嗜好を暴露したのだ。〝呪い〟とか〝噂〟とか、そういう〝奇妙〟なものが大好きなのだと。

その檜垣永人の周辺で、今夜もまた新たな〝奇妙〟な出来事が起きたらしい。さすがだ。もしやそういうものを引き寄せやすい霊媒体質なのか。そしてまさか、美術教師の千手雨彦も？　一体、彼は何を描いたというのか。見たい。

見たい！

そろそろと舎監室の扉を開け、回廊に出た。足音を忍ばせて集会室に近付く。開かれたままの引き戸から中に踏み込んだ。電灯は点いておらず真っ暗だ。それでも、机の上に置かれているスケッチブックが目に映った。

霊感。あの美術教師は、どんな顔の人物を描いたというのか？

紙面を闇に白く浮かび上がらせているスケッチブックを手に取る。

そのとたん。

電灯が点いた。唐突に目の中に光が弾け、「わっ」とよろめいてしまう。

「やっぱりな。先輩なら、好奇心に勝てなくて出てくると思いましたよ」

背後で声が上がる。振り返ると、檜垣永人が引き戸のすぐそばに立っていた。

「降霊術とか自動筆記とか……確かめずにはいられないでしょ？　ね、先輩」

彼の名を呼んだ檜垣がニッと笑う。彼は後輩のふてぶてしい顔をぽかんと見つめてから、すぐに手の中のスケッチブックを見下ろした。そして「あ」とつぶやいた。

紙面には、即興で描かれたにしてはやけに特徴を捉えた似顔絵が描かれていた。

彼……嘉藤友之丞《かとうとものじよう》の顔が。

＊

永人たち一同は、真ん中で遅い夕飯を頬張る嘉藤を呆れた顔で見ていた。

「退寮の日付を間違えたなら、言ってくれればよかったのに」

そう言う雨彦に、ご飯を飲み込んだ嘉藤が「すみません」とつぶやいた。

「迎えが明日だったと気付いた時には、もう部屋でウトウトしてしまいまして……起きたら日が暮れていました。今から申請し直すのも面倒になってしまって」

それで部屋にいたところに、かくれんぼを始めた小菅幹二が入って来てこの騒動となったわけだ。

ドアノブに飯粒が付いていたのが嘉藤の部屋だと気付き、永人は合点がいった。なるほど。『回廊の白蛇』の時の妙な入れ込みっぷりといい、たまに突拍子もない言動を見せる彼であれば、部屋の扉を全部開けるくらいのイタズラはしかねない。それに、外部から入り込んだ不審者が寄宿舎の部屋にまで来て潜り込んだと考えるより、生徒が残っていたと考えるほうが妥当だ。そう永人から聞かされたために、雨彦は危険性が低いと判断してかくれんぼを続行させたのだ。

そうして、嘉藤が興味を持ちそうな話題をわざと持ち出し、集会室におびき寄せた。中庭で大声を出して話せば、反響して寄宿舎のどこに嘉藤が身を潜めていても聞こえるはずである。スケッチブックは雨彦の部屋に置いてあった私物で、彼が即興で嘉藤の顔を描いたのだ。

そんなわけで、嘉藤は今、残っていた夕飯にホクホク顔でありついているというわけだ。とんだ『隠れ鬼』だ。騒動の目となった同級生を苦虫を嚙み潰したような顔で睨んだ小菅幹一が、慧に向き直った。

「弟を一発で探し当てたということだが。信じられんな！　大方、何かイカサマをしたに違いない」

「えっ！」慧が飛び上がった。

「そんなことしてません！　僕が勝ったんですから謝ってください！」

「ふん。こんないい加減な遊戯のために頭を下げるなどできるか！」

嘲るように一瞥された慧の表情が、すっと暗くなった。輪郭はまるで同じなのに、別人のような佇まいになる。悪いこと。まずい、と永人が身を乗り出した時だ。

「あ、あのっ、自分は幼少の頃から運動も勉強も人並みでっ」

潤之助が声を上げた。今の今まで隅に縮こまっていたものだから、突然の彼の発言に全員が驚いて振り返る。

「し、しかもっ、口下手でっ、愚図でっ、なかなか友人ができなくてっ」

「何が言いたい貴様？」

幹一がじろりと睨む。「ひ」と潤之助は引きかけるが、すぐにぐっと胸を張った。

「そんな僕と、二人はいつも仲良くしてくれました。僕が何も話せずにいると、慧が手を引いてたくさん話してくれました。僕が勉強や運動でできないことがあると、昊は必ず丁寧に教えてくれました。僕にとって、慧と昊は大切な友人です！　二人がいるから、僕は……この千手學園での毎日も楽しいです。どちらか片方だけでいいなんて絶対にありません！」

いきなりベラベラと話し出した潤之助を、小菅兄弟が唖然と見る。慧も同様だった。何か思いがけないものを目撃したかのように目を見開いている。その表情に来碕慧という人間の複雑さが、不思議な色合いとなって束の間現れ、そして消えていく。

「そういえば」

昊が顔を上げた。永人を見る。

「檜垣はどうして、ジュンが次期学年長にふさわしいと思ったんだ？」

興奮して話していた潤之助が、またも顔を引きつらせる。「はひ」と言葉にならない声を上げ、頬を赤くした。

「うーん」永人は腕を組んで首をひねった。

「こういうところだよ」

「え？」

「なんかよ、上に立つ人間は、東堂みてぇに問答無用に引っ張っていく凄味みたいなものも必要だと思うけどよ……穂田みてぇに、普段は黙っててもちゃんと相手のことを見てい て、後ろから支えてくれるってぇやり方もあるんじゃねぇのかなって」

「ああ。分かる気がする」

昊が素直に頷いた。潤之助がますます顔を赤くする。またもおろおろと周囲を見る姿は、この場でダンスでも始めそうな勢いだ。

「それはとてもいい意見だな。人一人を見る上で、参考になる」

つぶやいた雨彦が肩をすくめた。

「今夜のことで、君らが自分の将来をしっかり考えているのだと改めて知ることができたよ。有意義だった。だから、過ぎた侮辱はお互いに謝罪しよう。侮っていい人間などいないよ。それぞれ、必ず役割があるのだから」

真面目な雨彦の声音に、小菅兄弟も、慧も昊も神妙な顔になる。ただ一人、嘉藤だけが「なんのこと？」という顔で口をもぐもぐと動かしていた。

「悪かった。来碕」

やがて、幹一が低い声でつぶやいた。幹二もあわてたように「悪かった」と続けた。

すると、慧もぺこりと頭を下げた。

「僕もごめんなさい小菅先輩、幹二君！」

同時に昊も頭を下げる。彼は特に何も言っていないと思うのだが、ここは兄弟の連帯責任というところか。横に並べたどんぐりみたいな双子の頭頂部を見た幹一が「ふん」と鼻を鳴らした。

「明日は迎えが早いので、我々はこれで失礼します。では諸君、有意義な夏休みを！」

そう言うと幹二とともに出て行った。とたん、ホッとした空気が集会室内に広がる。うーんと雨彦が伸びをした。

「じゃあ、僕も失礼しようかな。みんな、明日は寝過ごさないように」

きびすを返した雨彦が集会室から出ようとする。「先生！」そんな彼を、昊が呼び止めた。

「あ、あの。僕」

それきり言葉を呑む。「昊？」慧が不思議そうに弟を見た。

何も言い出せない昊の姿に、雨彦がふっと笑った。

「そう急ぐな。青少年。君たちには時間がたっぷりある。じっくり考えなさい」

そう言うと、飄々とした美術教師は集会室から去って行った。その後ろ姿を、昊はじっと見つめていた。

程なく、潤之助、彼について来碕兄弟も部屋に戻った。「永人君は？」という慧に永人は答えた。

「もうちょっとしたら行く。先に戻っててくれ」

三人も集会室から出て行く。食べ終えた嘉藤が、ふうと息をついた。

「え、何の話をしてたの？　それぞれの将来について？」

「……まあ。色々ですよ」

短い間だったのに、なんとも濃密な時間を過ごした気がする。疲れた。「ふーん」と嘉藤が呑気な声を上げる。

「そりゃ色々考えるよね。特にこの学園の生徒はね」

「なんだそれ、まるで他人事《ひとごと》じゃないですか。先輩だって学園の生徒でしょ」

「まあね。だけど……だからこそ、選ばざるを得ない事態っていうのはあるかもね」

気になる言い回しをする。つい、永人は嘉藤を見た。

「どういう意味です？」

「僕らが自分の意思で選べることなんて、実はほんの少しだってことだよ」

腹の底をぐっとかき回されたように思った。当たってる。そしてそれが同時に——

怖い。

嘉藤が立ち上がった。ほとんど聞き取れない声でささやく。

「檜垣蒼太郎はなぜ消えたのだろうね？」

「――」

蒼太郎。

言葉を失う永人を見て、嘉藤がにぃっと笑った。口が耳まで裂けそうな、妖怪じみた笑みだ。そのまま「ごちそうさまでした」と言って集会室から出て行く。残された永人は、しばらくその場で動けずにいた。

なぜ消えた。蒼太郎。

どういう意味だ？

選ばざるを得ない――

蒼太郎は女と出奔したと聞いている。だが、もしや違うのか。

彼の失踪は、実は学園と関わりがあるのか？

「やっと終わった」

声が飛んできた。びくりと顔を上げる。

乃絵が立っていた。布巾を手にこちらを見ている。

「今夜は生徒が少ないからすぐに片付けられると思ってたのに。なんだかすごい騒動だったね」

「……スミマセン」

嘉藤の食べ終わった食器を、乃絵がてきぱきと盆に載せていく。その手つきを見ながら、永人は口を開いた。

「あのさ。二十五日の土曜なんだけど……一日、出て来られるか」

「え？」

「あ、ぎ、銀座によ、母ちゃんと用事があってよ……一緒に行かねえかと思って」

「銀座」乃絵が目を見開く。永人はあわてて続けた。

「お客さんが店を開いて、その開店祝いなんだって、だけど女ばっかりみてぇだから、お前……多野も行かねえかと思って」

なんでこんなにあわてているんだ、俺？　乃絵の視線を感じる。その視線から逃げたい一心で、机の木目を割りそうなほど強く睨んだ。

「でも。服が」

ぽつりと、乃絵がつぶやいた。永人ははっと顔を上げた。

「いや！　そ、そのことなら母ちゃんに頼んでどうにかする。だから、えーっと、よければ、一緒に」

自分をじっと見つめる乃絵の瞳の強さにたじろぎそうになる。が、やがて、その表情がほころんだ。

「ありがとう」

うお。とっさに目をそらせ、「いや」と永人は頭をかいた。

「父さんと母さんに訊いてみるけど、夏休み中だから一日くらい平気だと思う」

「お、おお。じゃあその日、朝に迎えに行く」

「うん。待ってる」

頷くと、乃絵は盆を手に厨房へと足を向けた。すぐに振り返り、永人に向かって言った。

「いい夏休みを。檜垣君」


翌日、朝一番に小菅兄弟が学園から去り、嘉藤、来碕兄弟に潤之助を迎えに来た車が去って程なく檜垣家付きの運転手、手島《てじま》の運転する車が正門前に現れた。後部座席には義姉の詩子もいる。夏らしく明るい橙《だいだい》色の着物姿だ。永人は教科書一式を包んだ風呂敷包みを手に、生徒たちを見送る雨彦を振り向いた。

「じゃあ先生、新学期に」

「うん。あ〜あ、最後の生徒である君を見送ったら、僕も帰らなくちゃ」

ぼやいた雨彦がため息をつく。どんな事情があるのか分からないが、よほど帰りたくないらしい。が、その気持ちは永人にも痛いほど分かる。

「まあ、お互い達者に過ごしましょうよ。せっかくの夏休みなんだ」

「そうだね。では檜垣君、よい夏を」

挨拶を交わし、車に乗り込む。迎えた詩子が笑みを見せた。

「お帰りなさい。永人さん」

「お嬢さんが……えっと、おねえさんがわざわざ出迎えですか？」

「詩子でいいわ。ええ、実は家に戻る前に、永人さんには銀座に寄っていただきたいの」

銀座？　永人はどきりとする。

「な、なんで銀座……あ、そうだ」

忘れないうちに。永人は風呂敷包みを解き、一番上に置いておいた東堂からの手紙を取り出した。

「これ。東堂先輩から詩子さんに」

「……広哉さん？」

きれいに整えてある義姉の眉がひそめられる。蒼太郎と東堂が幼馴染みということは、当然のことながら詩子と彼も似たような関係になる。

弟の失踪の真相を、この思慮深い義姉は知らない。いささか心苦しく感じながら、永人は手紙を見下ろす詩子を見た。

やがて、顔を上げた詩子は苦笑いを浮かべた。

「私が広哉さんから手紙をもらったなんて、琴音には黙っていてね」

「え？」

「あの子、昔から広哉さんに憧れているの。彼は蒼太郎さんと一緒に檜垣の家で外国語の家庭教師にもついていたし……顔を合わせる機会が多かったでしょ？　だから、今でも夢中なのよ」

東堂に夢中。理解できない。とはいえ、永人にとって驚きだったのは琴音のほうだった。あの母親に似て傲岸不遜《ごうがんふそん》に見える義姉に、そんな乙女な一面があったとは。

「……で？　なんで銀座に向かうんですか」

「ああ」と詩子が口ごもった。ためらうそぶりを見せてから、静かに口を開く。

「檜垣家ご用達の洋装店があるの」

「洋装店。はあ」

「そこで、永人さん用の礼服を仕立てるから」

礼服？　首を傾げた永人を、詩子がちらと見る。

「五日後に晩餐会があるの」

「晩餐会。はあ」

「永人さんも私たちと一緒に出席するのよ」

「……」

礼服。晩餐会。突拍子もない言葉に返事ができない。

すると、ますます言いづらそうに詩子は続けた。

「おそらく……父と母はこれから永人さんの結婚相手を探すつもりなのだと思うわ」

結婚相手。

「ハ、ア？」

叫んだとたんに、手島の運転する車が発進した。がくりと視界が揺れたのは、車の振動のせいか、それとも自分の動揺のせいか、永人には分からずにいた。

第二話「真夏の恋のから騒ぎ」

手島の運転する車が敷地内に入った。大玄関前にある丸い植込み沿いの道をぐるりと回り、目指す邸宅の前に着けられる。敷地の緑を背に建つ邸宅はさながら別世界のようで、その堂々たる洋館の威容を車窓から見上げたとたん、永人は帰りたくなった。

玄関部分の塔屋の丸屋根は異国の教会風で、柱や建物全体の壁、均等に配されている窓まわり、二階部分のベランダの手すりまわりなどがあらゆる意匠のレリーフや彫刻でごてごてと飾られていた。最近建てられたばかりの大邸宅だというが、敷地の広さだけで言えば檜垣家にも引けを取らない。思わず、隣に座る詩子を振り向いた。

「や、やっぱり俺も行かなきゃダメですかね……このまま手島さんと駐車場で待ってるわけには」

けれど、詩子は気の毒そうにしながらも、小さく首を振った。

「そういうわけにはいかないでしょうね。何しろ」

そうなのだ。永人は頭を抱えたくなる。

本来であれば檜垣家当主であるはずの一郎太がいないのだ。夏の間、中国地方の地元有力者に招かれており不在なのである。そのため、檜垣家に戻っても顔を合わせずにすんでいたのだが、彼が不在であるがゆえに、今日は曲がりなりにも男子である永人が檜垣家代表となってしまったのだ。

冗談じゃない。ただでさえ着慣れない洋物の礼服姿の自分は、見世物小屋の道化師さながらだというのに。首元、腰回りをキュウキュウと締め付けるボタンやタイ。上着の裾は学園の制服よりずっと長く、座るにも注意を払わねばならない。

それに何よりも、永人を苦しめるのは革靴だった。とにかく歩きづらい。蒼太郎のものだから大きさも微妙に違う上に、新品同様のためか革が硬い。そして下駄に比べるとやけに重く感じる。そのせいで、普段より数倍疲れやすく感じてしまうのだ。この上、人前に出てあれやこれやと気を揉むなんて拷問だ。

しかも俺の結婚相手？　なんだそれ！

一方の詩子は和装だ。着ている夏お召しの地色こそ落ち着いた白藍《しらあい》だが、淡い紅色と鳩《はと》羽《ば》色の縞模様が彼女の楚々とした若々しさを引き立てている。

「八重子さ、いや……檜垣のおかあさんにも恥をかかすかもしれねえ、しれない、し」

ああダメだ。もうボロボロだ。今の自分はきっと、見世物小屋にもらわれてきた子猿より不安そうに違いない。

「大丈夫！　今日はずっと私と一緒にいましょう？　遠坂《とおさか》家のご長男の数士《かずし》さんはとても優しい方よ。永人さんも仲良くなれると思うわ」

そんなお坊ちゃんと自分が親しくなれるとはとても思えない。が、ここで行きたくないと駄々をこねるわけにもいかず、永人は腹の底に力を込めた。

「……分かりました。一世一代の大芝居を打つつもりで頑張らせてもらいます」

眉根に悲愴な決意を込めた義理の弟を、詩子が困った表情で見た。

車を降りると、夏の陽射しとともに蟬の声が一気に降り注いできた。もう夕刻なのだが、盛夏の暑さは衰える気配が見えない。こんな気候の中、首元から足首まできっちりと枷《かせ》を嵌《は》められたような恰好をしなければならないのだから、どんな拷問か。手島に日傘をさしかけてもらっている詩子が羨ましい。

もう一台後ろについてきていた檜垣家の車が同じく玄関前に到着した。お付きの女中がまず降りてくる。女中頭の伊山《いやま》だ。五十代半ば、紺色の和装に半分以上白髪となった髪を小さく結い上げ、いつも半眼めいた顔つきでそばに控えている。その姿はまさに黒子だ。檜垣家に長年勤めているという彼女に家中で逆らう者はいない。家令の茂木《もぎ》が思わぬ不祥事で放逐された後はなおさらのようだ。

彼女に続き、義母の八重子と義姉の琴音も降りてきた。二人も詩子同様、和装である。八重子が着ている絽《ろ》の友禅は落ち着いた紫の色無地、琴音の錦紗は目の覚めるような翡《ひ》翠《すい》の色合いだ。蝶の柄が大胆に大きくあしらわれている。卯の花色の帯には着物の柄とそろえた蝶が染め抜かれており、半襟にも蝶が刺繡してあった。髪には着物の色と合わせた翡翠の玉がついたかんざし。夏らしく快活な印象の装いだ。

三人ともさすがに華やか、かつ品がいい。その分、着慣れない洋装の自分だけがやはり場違いで、永人はますます落ち着かない気分になった。

永人をじろりと一瞥した八重子がハンケチを口元に当て、つぶやいた。

「寸法は問題ないようですね」

同じような目つきで義弟を見た琴音が唇を尖らせる。

「やっぱりね。ちっとも似合ってないわ。その服、蒼太郎兄様のものだもの」

はいはい。悪ぅござんした。永人は二人の嫌味を柳に風と受け流した。

五日前の退寮日、詩子に連れられて向かった銀座の洋装店では永人の身長を測ってもらったのだ。一から礼服を仕立てるには間に合わないため、二年ほど前まで蒼太郎が着ていた礼服を仕立て直してもらうためである。結果、丈を微調整するくらいで永人用の礼服が出来上がったというわけだ。

愛する息子の服を妾の子に着せるというのは、母の心境としては憤懣やるかたないであろう。その心情は理解できる。とはいえ、ことあるごとに冷たい目で見られるのもほとほと疲れる。こちらも着たくて着ているわけではない。

遠坂邸の玄関先には一分の隙もない洋装の老爺《ろうや》が立っていた。慇懃《いんぎん》な態度から遠坂家の家令と思しい。一行は先導する彼について邸内に踏み込んだ。

檜垣家も大きい屋敷だが、重機製造で財を成した遠坂家も負けてはいない。大玄関を左に入ると、広いホールに出た。天井にはきらきら輝くシャンデリアが下がっており、家屋の中央を貫く廊下の突き当たりには両開きの大扉が見えている。一行はまず左手にある大応接間に通された。ふかふかのペルシア絨毯《じゅうたん》が敷き詰められた部屋には、同じく豪華な織りが座面に施されたソファが置かれていた。彫刻やら絵画やら、この邸宅の主の趣味を窺わせるもので埋め尽くされている。豪勢な雰囲気でまずは客を圧倒しようという手か。

中にいた中年夫妻が笑顔で歩み寄ってくる。

「檜垣さん！　お待ちしておりましたよ」

「お招きありがとうございます。檜垣はただいま所用で遠方に出ております。本日の欠席の非礼、何とぞご寛恕《かんじょ》くださいと言付かっております」

まずは八重子が如才なく挨拶を交わす。と、すぐ後ろに立つ永人に視線を寄越した。気付くと、並んで歩いていたはずの詩子と琴音は一歩引いている。

「息子の永人でございます」

息子。口の中に苦みがこみ上げる。「おお君が！」遠坂家の当主、遠坂数明《かずあき》が顔を輝かせた。鷹揚な仕草で握手を求めてくる。

「噂は聞いておりますよ。千手學園に入学されたのでしょう？」

どんな噂だよ、という思いを押し隠し、「檜垣永人です」と頭を下げた。数明、そして傍らに立つ妻の良子《よしこ》の目が探るように光る。二人とも小柄で、ちんまりとした目鼻立ちがよく似た夫婦だった。こけしが二つ並んでいるみたいだ。数明は永人と似たような洋装、良子は袖や裾まわりに芭蕉が型染めされた黒地の着物に、波柄の丸帯という装いだ。

数明はすぐに表情を和らげると八重子を見た。

「利発そうな息子さんだ。将来が楽しみですな。ではお若い方々はサロンのほうへ。もう何組かのお客様も到着されておりますよ。津田《つだ》」

そう言うと津田と呼んだ家令に目で指示をする。一礼した津田が応接間の右手にある両開きの扉へと永人、義姉二人を先導した。重厚な木の扉を開くと、そこにはさらに広い部屋が広がっていた。天井には玄関にあったようなシャンデリアが等間隔に下がり、右手にはグランドピアノも置かれていた。洋装の若い男性が優美なメロディーを奏でている。左手は庭に通じる窓になっており、両開きの背の高い窓が四つ連なっている。昼間の暑さが残る今の時刻はすべての窓が開け放たれ、庭園の心地よい緑の匂いが室内にも流れてきていた。ソファや軽食を置いたテーブルはすべて壁際に置かれ、穏やかなピアノの音色に乗せて数人の客らが談笑していた。その中の一人に永人の目が留まる。

「く――」

「影人お兄様っ？」

かげひと、おにいさま。

永人が目を白黒させているうち、背後にいた琴音がその人物のそばにそそくさと歩み寄った。

黒ノ井だ。やはり似たような礼服姿だが、悔しいかな、自分より数段しっくりと着こなしている。艶やかな漆黒の礼装が彼の濡羽色の瞳を引き立て、いっそう大人びて見せているのだ。永人はごくりと唾を呑んだ。

彼の着こなしに比べれば、自分はまさに初舞台を踏んだ見世物小屋の子猿である。マズい。トンチキ極まりないこの恰好、絶対に笑われる。のみならず——

東堂にも伝わる！

琴音に気付いた黒ノ井の視線も永人の顔を捉えた。その目がぱっと見開かれる。

とっさに逃げ出そうとした。が、後方は義母を含めた遠坂夫妻がいる大応接間、右手にはピアノ、前方は未知の大扉、左手は庭だ。前門も後門も左右も魑魅魍魎《ちみもうりよう》。どこからどう行けば身を隠せるのか、見当もつかない。

「本当。影人さんだわ。永人さん良かったわね、お知り合いの先輩がいて……あら」

明るい声を出した詩子が、庭に出ている一人の若い女性に気付いて目を瞠《みは》った。女性客の中で、唯一の洋装姿だ。複数の三つ編みを一つにまとめて大きく巻き、頭頂部で結い上げている。ワンピースの深い藍色、身ごろの前面に付いた青い宝石のようなガラスボタンが、大人しいというより少し冷たそうな印象を強めていた。華やかな場だというのに、どこか硬い顔つきで庭の木立を見ている。が、近付いてきた詩子を見てかすかに表情を動かした。そんな彼女に、詩子は笑顔で話しかける。

「十和《とわ》さんではなくて？――あっ」

一陣の突風が、義姉の手からハンケチを飛ばした。木立の中にふわりと入ってしまう。おっと。永人もハンケチを追って庭に出ようとした時だ。

木陰からぬっと人の姿が現れた。唐突に湧いて出たように思え、永人はぎょっとした。詩子も、その人物のほうを見て立ちすくむ。

粗末な作務衣姿の老爺だった。首に手拭いを巻き、頬かむりをしているので顔立ちはよく分からない。腰は曲がっているものの屈強に見える。その手には飛ばされた詩子のハンケチがあった。無言で詩子のほうへ差し出す。普段であれば、何くれとなく面倒を見てくれる伊山が間に入るのだが、今はそばにいない。そこで詩子はためらったものの、自分で老爺からハンケチを受け取った。「恐れ入ります」という義姉の言葉に男はかすかに頭を下げただけで、すぐにまた木立の中へと消えてしまった。詩子の隣に並んだ洋装の女性が、吐き捨てるように言った。

「あんな男が触ったハンケチなんて捨ててしまいなさいな。詩子さん」

「え、でも」

「あの人、遠坂家の新しい庭師なのですって。気味が悪いわ。なんであんなのを雇ったのかしら……ところで」

女性の声音は嫌悪に満ちていた。が、一転華やかな笑みを見せる。第一印象より深みのある柔らかな声で言った。

「お久しぶりね詩子さん。中に入りませんこと？　外はまだ暑いですわ」

ハンケチを手に戸惑った顔の詩子と女性がサロンに戻ってくる。どうやら、この二人は旧知の仲のようだ。どんな関係なのか。そう思った時だった。

大応接間に通じる扉が再び開かれた。別の一行が家令の津田に連れられて入って来る。琴音と言葉を交わしていた黒ノ井が、その一行を見てぎょっと目を見開いた。

「影人様っ？」

背後で声が響いた。永人も声のほうを振り返る。新たに入って来た一行の中に、目をまん丸くした女性がいた。楚々とした和装ながら、その頬は赤く上気している。

「やっぱり！　影人様――」

「やあやあやあ檜垣永人君じゃないか！　まさか遠坂さんのお宅で会うなんて奇遇だな！　さあさあこちらへ、ちょっと話をしよう！」

とたん、黒ノ井がずんずんと近付いてきた。永人の肩にがっしりと腕を回し、強制的に庭に連れ出そうとする。

「え、ちょ、先輩」

「可愛い後輩に会えるなんて運命を感じるな！　ハハハハハ！」

うすら寒いことを言ってサロンから庭に下りる。琴音も詩子もぽかんとしていた。一方の「影人様」と叫んだ女性も二人を追いかけてくる。

「お待ちになって影人様。お会いできて幹子《みきこ》は嬉しい。今日お会いできると分かっていたら、またハンケチをお持ちしましたのに！」

ハンケチ。「あ！」永人も声を上げた。

もしやこのご令嬢。

呪いのハンケチ、じゃない、恋のおまじないのハンケチの主、庭場《にわば》幹子嬢か？

長野の旧藩主、庭場長篤《ながあつ》子爵のご令嬢だ。さる黒ノ井製鉄主宰のパーティーで黒ノ井と顔を合わせて以来、彼に切ない思慕を恋々と訴えている女性である。永人は改めて幹子を見た。

佇まいはむしろ気が弱そうだ。楚々とした千草色の無地の着物が、その風情をさらに引き立てている。どの部位も小作りな面立ちは整ってはいるが、いやに印象が薄い。が、黒ノ井曰く、この女性の思い込みの激しさは常人のそれではないらしい。そのため、黒ノ井は怯えて逃げ回っているのだ。

「お会いしたかった影人様、ここで会えるなんて……運命ですわね」

恋する影人様と似たようなことを言う。

すると、黒ノ井がやけに真面目な口調で切り出した。

「幹子さん。ここでお会いできたのも仏の采配、大変嬉しいですが……実は、僕は今日こちらの檜垣永人君から大切な相談を持ちかけられているのです」

「まあ。相談」

「は？　相談？」

「檜垣君は我が誉れある千手學園の可愛い後輩であり、前途ある有望な生徒です。僕は彼の悩む姿を見ていられない。だから、今日は一日彼の話を聞き、慰め、力づける日にしたいのです。あなたともお話ししたい……けれど、先輩として、生徒会副会長としての使命を放棄することはこの黒ノ井影人にはできません。幹子さん。分かっていただけますね？」

分かるか！　なんだその立て板に水の嘘八百！

ところが、幹子は黒ノ井の大嘘をすっかり信じたらしく、悲愴な顔つきになった。

「分かりました……はしたない真似をして申し訳ありません。影人様にとって、学園でのご学友がどれほど大切なものか、幹子も分かっているつもりです……ですから、今日は我慢いたしますわ」

そう言うと、くっと唇を噛み締め、永人を見た。

「ご心痛が晴れるとよろしいわね。影人様なら、きっと力になってくださると思います。

それでは……ごめんあそばせ」

一転、悄然《しょうぜん》と広間のほうへ引き返す。そのがっくりと肩を落とした姿に、永人は気の毒になってしまう。

「ちょっと。あの扱いはひでぇんじゃねえですか」

「仕方ないだろ……ずーっとくっついてずーっと話しているんだから。で、何か言ったら全部都合のいいほうへ解釈するんだぜ。着物の色がいいですねって言ったら、結婚を申し込まれた！て思い込まれてみろ？　何を話せばいい？」

「そ、それは……いやでも、なんか騙したみてぇで」

「じゃあ俺になんか相談しろ。そうしたら嘘じゃなくなる。なんでもいいぞ、可愛い後輩よ。どんと来い！」

そう言って両手を広げる。相撲か！

「いや、特に相談したいことなんか」

「そう言わずに。学園の教師らの作る試験の傾向とか」

「ああ！　そりゃあいい……あ。そうだ、聞いてくださいよ」

「おお、なんだ？」

「俺の結婚相手を探すとかなんとか言い出していて」

結婚相手と聞いたとたんに黒ノ井がきびすを返した。庭をずんずんと歩き去る。永人はあわてて追いかけた。

「ちょっと！　相談の途中！」

「その手の話は鬼門だ。もっと違う、明日の天気の相談とかにしろ」

「それ、相談じゃなくて予報ですよね！　ちょっと先輩、お願いだから聞いてくださいよ。もしかすると、今日も誰かに引き合わされちまうかもしれねえ……なんかこう、角を立てずになかったことにできませんかね？」

「そんな方法が分かれば俺が実践してる！……ああ。広哉に訊けばよかったな。この手のことは」

「え。東堂先輩って、女性関係に強いんですか」

眉根を寄せた永人を黒ノ井が一瞥した。

「そうじゃない。あいつは角を立てずに面倒な人間関係をやり過ごす達人だ」

「なんだそりゃ」

「しかも、相手に付け入る隙を与えない。どんな場合も物腰だけは穏やかだから、一緒にいても怒ったり悲しんだりできない」

つぶやく黒ノ井の声が、だんだんと小さくなり、しまいには彼の口の中に消えた。威勢の良かった佇まいが急に静かになる。永人も黙った。

とはいえ、あの邸宅の中に戻る気にもなれず、二人は広い庭園を並んで歩き続けた。手入れのされた美しい庭だ。暮れかけた夏の陽を浴び、緑が燃えるような輝きを放っている。日本らしさはかけらも見えず、西洋趣味で統一された庭だった。蝉の声がかしましい。外国にも蝉はいるのかな。永人はふと思った。

聞けば、黒ノ井も招待された両親とともに来たという。

「まさか庭場家も来るとは……どうりで親父もお袋も、今日の晩餐会に強引に俺を同行させたわけだ」

黒ノ井と幹子嬢の間には縁談らしきものが持ち上がっている。もちろん、両家のさらなる発展のためだ。が、本人の意向はまったく無視されたままに話が進んでいる状態で、当の黒ノ井からすれば堪ったものではない。

「分かりますぜ……てめえの双六《すごろく》の駒じゃねえって話ですよね」

「分かってくれるか可愛い後輩――そうか、檜垣の立場もそうだよな」

「そうですよ」しみじみとため息をつき、永人は首を振った。

男女の結婚を家同士が決めるのは、上流階級になるほど至極当然のことだ。しかし、それがいざ自分の身に降りかかると、未知の異物を身体の中に押し込まれたような嫌な気分になる。

自分が、自分以外の何ものかに成り代わるよう強制されているような。逃れられない枷が手足どころか内臓の至るところに繋がれて、身動きが取れなくなってしまう。こんな感覚は、浅草で呑気に暮らしていた頃には味わったことのないものだった。

ますます、似合わない礼服を着ている自分が滑稽になる。はあ、と息をついた。庭は人工的に造られた小山沿いに背の高い木が植えられ、ちょっとした森の景観だった。夏の夕暮れが、地面により鮮やかな木漏れ日の影を描き出している。それらを眺めながら、永人は訊いてみた。

「そういや、東堂先輩とあれから何か話しましたか？」

ちらりと黒ノ井が視線を流した。「いや」と肩をすくめる。

「何も。新聞記事を読んだ時はひどく動転していたけど、夜にはもう普段通りだったし」

「あの記事には驚きましたよ。だけど……どうにも、東堂先輩の態度は不可解だ。いくらなんでも、もうちょっとうろたえてもいいんじゃねえですか？」

黒ノ井の唇の端に苦笑いがにじむ。どことなく寂しげだった。

「最初に蒼太郎が学園から出た時は、広哉も俺も覚悟していたところがあったから。あいつの普段と変わりない態度は納得できた。だけど……今回のあいつの反応はさっぱり分からない。死んだんだぞ？　あの蒼太郎が。それなのになぜあんな普通の顔をしている？ほかの生徒の前でなら分かる。けど」

「先輩の前でもそうなんですか？」

「だから言ったろ。俺も〝やり過ごされている〟んだよ」

苦笑いが大きくなる。それが答えだった。

ふっと顔を上げ、黒ノ井が低い声音でつぶやいた。

「結局、広哉は蒼太郎のことしか信用していなかったのかもしれない」

「……」

「俺では、蒼太郎の代わりにはならないんだよ。だから何も言わないんだ――」

そう言った黒ノ井の足が止まった。「なんです?」と訊きかけた永人の腕を引っぱり、すぐそばにある木の陰に二人で身を隠す。

「ちょっと先輩」

「シッ」

鋭く永人の声を制した黒ノ井が、目で前方を示す。窺い見ると、木立に埋もれるようにして、小さい祠《ほこら》が建っていた。洋風の景観に突然割り込んできた日本風だ。なぜか周囲の音も色彩も、一段静かになったように感じられる。その祠の前に若い二人の男女が立っているのだ。

「あれは……遠坂数士だな」

遠坂家の長男、遠坂数士か。中肉中背の二十代半ばほどの男で、どことなく気が弱そうだ。ただ、義姉の詩子の言う通りメガネの奥の目は柔和そうではある。

一方の小柄な女性は質素なあずき色の和服姿だった。恰好からして女中と思われる。こんなところで、一体何を？　と思っていたら、女性が何かを言った。数士の顔が強張る。一言、二言言葉を交わすと、女中は頭を下げて遠坂邸のほうへと駆けて行ってしまった。数士はその姿を呆然と見送っていた。永人と黒ノ井は、いつしかその表情を固唾《かたず》を呑んで見守っていた。女中が消えた木立を見つめていた数士は目を閉じ、やがて唇を噛み——淡く笑った。

どこか寂しげな笑みだった。けれど安堵したふうにも見て取れる。大きくため息をつくと、やがて立ち去った。彼の気配が消えるまで、永人と黒ノ井はじっと息を殺していた。

「……どういう関係だと思います？　あの二人」

二人が去ってもなお、大声を出す気になれない。あの数士の表情。女性から何かを告げられ、あんな複雑な笑みを見せるということは。

「宿命の好敵手」

「武蔵と小次郎か。んなわけないでしょ」

「だよな。と、いうことは」

思わず二人で顔を見合わせた。互いの顔に、答えが浮かんでいる。

恋仲。

サロンの奥にある食堂室に置かれたテーブルは、浅草一の芝居小屋の花道もかくやという長さだった。もちろんいくつかのテーブルを並べて繋ぎ、その上に真っ白い布をかけたものだ。ここで見得を切って歩いたり、幽霊の化粧をした役者が揚幕を跳ね上げて登場したらさぞ面白いだろうなと永人は想像した。それぞれの家が案内された席に座る。

様々な形の木枠で描き出された天井の幾何学模様、いちいち細かい彫刻が彫り込まれた照明器具の金具、重厚な雰囲気を醸す暖炉のマントルピース、立体的に見える壁の金色の唐草模様……この食堂室もとにかく凝っていた。息苦しいほどだ。とはいえ、贅沢をこれでもかと見せつけることもまた仕事のうちなのかもしれない。

今日、招かれたのは檜垣家と黒ノ井家、庭場家、そして一野坂《いちのさか》という家だった。紡績業を営む一野坂家と遠坂家は祖父母の代から懇意にしているという。席に着いた面々を見回した遠坂数明が、グラスを片手に晩餐の挨拶を始める。

延々と続くその挨拶を聞きながらも、永人は詩子から即席に教授された食事のお作法を必死に思い返していた。けれどお上品な白い皿とずらずら並べられたスプーンやフォーク、触れたら壊れそうな華奢な作りのグラスの輝きに圧倒されて、それらの手順が吹っ飛びそうになってしまう。

あーっめんどくせえな。箸持ってこい箸！

程なく始まった晩餐は、最初から全品を並べてくれればいいものを、こちらが食べ終わるそばからチマチマチマチマ給仕が皿を出し入れするものだから落ち着かない。

とろっとした薄黄色いスープ。

色付きハンペンみたいなグニョグニョしたもの。

やけにちまっとしたエビと付け合わせの野菜は酸っぱい味付け。

甘じょっぱい白身魚の次にやってくる牛肉は血まみれに見える（赤いソースだ）。

おいおい待てよ、魚と肉をいっぺんに食うとかどんだけ贅沢なんだ？　もったいねえ、この一食の食材で三日は持つぜ！

……などという感想はおくびにも出さず、永人はスープも前菜も、一口二口口にしただけで、すぐに下げてもらうようスプーンやフォークを置いた。必要以上に食べてボロを出したくない。仔牛のうんたらという肉料理が出てきた時は、ナイフが音を立てないよう気を遣い過ぎて腕の筋が痛くなるくらいだった。一口食べた感想は、「わさびが欲しい」。

一方、はす向かいに座る黒ノ井は慣れたもので、涼しい顔をしてすべての料理を平らげ、隣に座る母親と談笑までしている。たまに目が合うと、いかにもからかうようににっこり微笑みかけてきた。なんとも心優しい先輩だ。

黒ノ井製鉄の二代目であり、黒ノ井の父親でもある剛喜《ごうき》は豪胆な印象の壮年の男だった。一介の金物商人に過ぎなかった黒ノ井製鉄の創始者、巌《いわお》の姿を息子として間近に見てきたのだ。ここに集う誰よりも抜け目なく、そして肝《きも》が据わっているように見えた。押し出しのいい風体に和装がよく似合っている。海外で特注したというご自慢のステッキには、握り部分に真鍮製の彫刻《え》が付いていた。

また、妻のするゑとは今どき珍しい恋愛結婚で、二人はあらゆる難関を突破して結ばれたという。恋の英雄譚に事欠かないするゑは、確かに八重子や詩子にはない快活さがある。今日も夫婦そろっての和服姿、それも互いの帯が色違いの献上であるところにも、仲睦まじさが窺えた。

遠坂家からは『遠坂重機』の社長である当主の数明と妻の良子、長男の数士、数明の弟の将明《まさあき》が参加していた。弟の将明は専務を務めており、独身でこの遠坂邸に同居しているとのことだ。ただし手堅くやり手と評判の兄に比べ、将明は単なるお飾りといったところのようだ。とりあえず幹部の名を与えて大人しくさせているだけで、金遣いの荒さや素行の悪さは有名らしい。遠坂家は会社の規模、資産で言えば黒ノ井家に比肩する豪商なのだが、どうしても剛喜と並ぶとどことなく小ぢんまりと見える。

その上、永人は先ほどから数明の息子の数士がやけに浮かぬ顔をしていることに気付いていた。叔父の将明に質されるほどだ。

「どうした数士。心配事かね。食があまり進んでいないようだが」

遠坂将明は細くて小柄な兄と違い、縦にも横にもでっぷりと肥大していた。兄や甥と同じ礼服姿だが、タイを締めた首元がきつそうだ。てらてらと光る額にはうっすらと汗がにじんでいる。

「いえ」と首を振る息子を見て、数明が磊落《らいらく》に笑った。

「緊張しているのでしょう！　何しろ、今日はちょっとしたお知らせがありますから」

八重子を含めた夫人連中が顔を見合わせた。一様に何かを得心したような表情で笑みを交わす。全員読心術が使えるのか。永人はそう思いながら、女性客の中で唯一の洋服姿の女性を見た。先ほど、詩子に「十和さん」と呼ばれていた彼女は一野坂家の長女だった。

しかし永人は彼女自身より、その背後に控える女性のほうが気になった。

庭で数士と会っていた若い女性だ。彼女は一野坂家の女中だったのだ。気付いた黒ノ井も先ほどから永人に目配せしている。

まさか遠坂家の坊ちゃんと一野坂家の女中が恋仲になっているということか？　女中は二十代半ばほど、化粧っけのない顔はのっぺりと無表情で、完全に己の気配を消している。この人が数士と恋仲？　あまり想像できない。それとも、あれは恋仲の男女の逢引きなどではなく、もっと違うものだったのか。

「それにしても、女性の洋装というのもなかなかいいですな」

将明が十和に話しかける。脂でてかてかと光る丸い顔をにんまりと笑ませた。

遠坂家の面々について話を聞かせてくれた詩子が、この将明のことだけは「ちょっと」と言い淀んでいた理由が分かった。目つきには好色な色が見て取れる。女にだらしがないという噂は本当のようだ。

ところが、声をかけられた十和はちょっと笑んだだけでまったく相手にしない。将明が鼻白《はなじろ》むのが分かった。とたん、場の空気が気まずくなる。数明がわざとらしい咳払いをウホンとすると、妻の良子がやけに甲高い声で口を挟んだ。

「最近のお若い方には人気のようですものねえ。ですがもう、わたくしなんか古い人間でございましょ。もしも自分に娘がおりましても、洋装はまだためらってしまうかもしれませんわ」

良子の口調には、あからさまではないものの、どこか一野坂の面々を見下している感じがあった。十和の両親、一野坂貞三《ていぞう》と妻の滝子《たきこ》がかすかに表情を強張らせたのが分かった。紡績業を営む貞三は洒脱な印象を受ける男だった。洋装である礼服も借り物然とした永人とは違い、しっくりと着こなしている。滝子の桔梗《ききょう》の柄があしらわれた花緑青《はなろくしょう》色の友禅も品がいい。

「あら。さすが一野坂さんのお嬢さんだと思いましたわ。青い色がとてもきれい。ねえあなた」

その時、ますます妙な空気になっていく席を明るい声が破った。

黒ノ井の母、するだ。屈託のない表情で夫を見てから、今度は息子を振り向く。

「影人さんも女性の洋装がお好きですものねえ？　着物にはない可憐さがあるって言って

たじゃない」

「お母さん……そういうことは内密にしてもらえますか。僕の冷静沈着という印象が崩れてしまう」

やけに真面目な顔で黒ノ井が答える。思わず、といったふうに、詩子と琴音が口を押さえて笑った。永人も吹き出しそうになる。八重子が「はしたない」と咎めたものの、場の空気は一気に和んだ。黒ノ井家の隣に座る幹子が、「洋装」とつぶやいてはテーブルナプキンを揉みしだいているのが見えた。

その後は万事が和やかに進み、晩餐はつつがなく終わった。しかし、十和は笑うことも話すこともなく、ただ無表情に席に座り続けていた。

食後は全員で隣の部屋のサロンへと向かった。客たちが入ると同時に、ピアノ弾きの男が演奏を始める。今度は最初にサロンに入った時よりもずっと賑やかな楽曲だった。先ほどまで大応接室に置いてあったソファやテーブルが移動してあり、ピアノの前に半円を描くように配されていた。

目が合った黒ノ井が「ひが」と名を呼びかける。が、それより先に琴音が黒ノ井の背後から声をかけた。

「ねえねえ影人お兄様、学園についてお話を聞かせて？　広哉お兄様はお元気？」

「え？　あ、あ～……」

「あらいいじゃない影人さん。家に戻るたびに学園生活には華がないってぼやいているじゃありませんの。ああそれに、幹子さん！」

横から割り入ったするゑが、嬉々とした声で幹子を呼んだ。ずっとちらちらと黒ノ井の動向を窺っていた幹子が、この時とばかりに進み出る。

「よろしければ影人の相手をしてあげてくださいな。いつも男子ばかりだと嘆いておりますの。琴音さんと幹子さんにお話ししていただければ、少しは気が紛れると思います」

「よ、喜んで！」

幹子が顔を輝かせ、黒ノ井を見上げる。今にも卒倒しそうになっている先輩の様子に、永人は必死に笑いを噛み殺した。

結局、黒ノ井は為す術なく幹子と琴音に挟まれて（ほぼ連行されて）長ソファに座る羽目になった。永人はそれを尻目に、詩子について一隅の席に座った。

顔を真っ赤にした幹子が、必死の形相で口を開く。

「か、影人様、あの、来月、日舞のお師匠様の独演会がございますの、幹子も上京いたしますので、よ、よろしければご一緒に」

「影人お兄様ぁ、なんで今日は広哉お兄様とご一緒じゃないの？」

どうにか話をしようと奮起する幹子に構わず、琴音が小首を傾げて黒ノ井を覗き込んだ。親しげに甘えた声を出す彼女の姿に、幹子が気の毒なほどうろたえる。両手でハンケチをキリキリ揉み込み始めた。おまじない信仰にさらなる拍車がかからなければいいのだが。

一方の黒ノ井は力なく愛想笑いするのが精いっぱいのようだ。あんな追い詰められた様子の彼にはそうそうお目にかかれない。女性好きではあるが、グイグイ来られるのは苦手なのか。永人の視線に気付くと、目で必死に訴えてきた。

『おい。助けろ』

『いやあ、おモテになって羨ましいですぜダンナ』

そこで永人もにっこり微笑んで目で答えた。さっきの仕返しだ。

『覚えてろよ』と諦めた顔つきの黒ノ井が、琴音に向き直った。

「広哉は今頃、長野の避暑地でしょう。東堂家の別荘がある。僕も来るよう誘われているのですが」

「そっ、それは、影人様と仲のよろしい、とっ、東堂広哉様のことですか？　現陸軍大臣のご令息……ど、どのような方なのかしらっ！」

「あら。幹子様はお会いしたことありませんの？　影人お兄様と広哉お兄様、すごく仲がよろしいのに」

懸命に話に入ろうとする幹子の言葉を、琴音がまたも叩き落とす。もしやわざとか？

永人はなんだか幹子に加勢したくなってしまう。

黒ノ井が苦笑いした。

「あいつは、最近は檜垣君がお気に入りですよ」

「え？」眉をひそめた琴音が、ちらりと永人のほうを見る。おい、俺を巻き込むな！　永人は内心あわてた。

が、琴音はすぐにぷいと顔をそむけると、「あーあ」と声を上げた。

「広哉お兄様、お会いしたいわ。蒼太郎お兄様のことがあってから——」

それから、はっと口を噤《つぐ》む。ピアノの軽快な音楽が彼女の沈黙にかぶさる。そんな義姉の表情に永人の目が引かれた。

いつも見せる傲慢で強気な表情ではない。頑是《がんぜ》ない子供みたいな、取り繕われていない寂しげな少女の顔がそこにはあった。

その時、檜垣家が座るソファまわりに一組の家族が歩み寄ってきた。一野坂家だ。主の一野坂貞三が「よろしいですか」と八重子に声をかける。八重子が「もちろん」というよそ行きの笑みを向けた。娘の十和も座る。先ほどは藍色のワンピースのほうに注意が引かれたが、非常に知性的な面立ちだ。しかし、どこか冷たい印象はぬぐえない。今も、愛想よく八重子と言葉を交わす両親のそばで黙って座っている。例の女中は、少し離れた場所で控えていた。

すると、歓談する親の傍らで、十和が詩子のほうへと視線を投げた。

「それにしても、本当にお久しぶりね。詩子さん。卒業以来かしら」

「ええ本当に」頷いた詩子が永人を見た。

「私と十和さん、女学校の同級生でしたの。十和さんは運動も勉強もよくできて。みんなの憧れの的でしたのよ」

「詩子さんこそ、生徒の皆さん、先生方からの信頼は絶大だったじゃない。優等生でしたものね」

優等生。その語調にかすかな引っかかりを覚えた。が、詩子本人は気付かないのか、笑みを絶やさぬまま旧友を見ている。

「永人さん」

一野坂滝子の声が上がる。見ると、大人三人の視線がこちらに集まっていた。うおっ。逃げ出したくなるが、渋々立ち上がる。八重子の傍らに立った。

「改めて紹介いたします。息子の永人です」

「……檜垣永人です」

直立不動、姿勢を正したまま小さく頭を下げた。とにかく、ボロを出しちゃならない。ここで自分がしくじったら、回り回って母の千佳まで貶《おとし》められる。

顔を上げると、一野坂夫妻がまじまじと永人を見ていた。

「頼もしい息子さんですね。檜垣伯爵も楽しみでしょう」

「不肖の息子で。お恥ずかしい限りです」

「とんでもない。宅の十和も、どうしても今日はこの洋装のワンピースを着たいと言うものですから。永人さんに見てもらおうと思って、張り切ったのだと思いますわ」

ん？　俺？　と思いつつ、永人は黙っていた。先ほどの晩餐の席での気まずい一瞬を思い出したのか、八重子がやけに仰々しく「似合っておいでですもの」と頷いた。

夫妻が立ち上がった。

「では我々はこのへんで遠慮いたしますか。十和。失礼のないように」

「私たちも音楽を聴きに行きましょう。詩子」

八重子も立ち上がり、詩子を目で促す。詩子は戸惑った視線を永人に投げつつも母に従った。ここに来て、永人はようよう「アレ？」と気付く。

なんだこの潮が引くような取り残され方。俺は遠浅のアサリか？

「芸がないわね」

十和がつぶやいた。一転した低い声音に「え？」と永人は訊き返す。

「芸？」

「第一あなた、私より何歳年下なのかしら」

「詩子お姉さんと同級生でしたら、俺……ボクは五歳年下ですね」

ふん、と十和が鼻で笑った。

「お見合いを促すにしても、もうちょっと魅力的なお膳立てができないものかしら。未婚の若い男女を引き合わせれば、簡単に心が通じるとでも？　舐められたものね」

「おみっ……」

義姉の言葉が甦る。

結婚相手。

「えっ！　俺とお嬢さん？」

「ぶっ。お嬢さんって。面白い呼び方」

確かに今日のメンツで永人の〝結婚相手〟候補になりそうなのは十和のみである。が、どうにもピンとこない。

小さく笑った十和がソファにもたれる。先ほどまでの大人しそうな佇まいはどこへやら、ふてぶてしい雰囲気すらある。そんな彼女が、ふいと視線をそらせて言った。

「ねえ。自由な場所から檻に閉じ込められるのってどんな感じ？」

「は？」

「あなた、伯爵がよそに作った子でしょ。お妾《めかけ》の子。母親は囲われ者の浅草の三味線弾き。絵に描いたような、ありがちな事情ね」

「……」

妾の子。自分がそう言われることには慣れた。実際その通りだ。何が悪い。

けれど母を〝妾〟と括られることには、未来永劫慣れるとは思えない。千佳本人は許すかもしれない。どうやら母は、自分が思っていたよりずっと強い人だからだ。

だけど強いからって、傷付けていいわけじゃねえ。

きれいに手入れされた自分の指先を眺めながら、十和が続ける。

「とはいうものの、嫡子が失踪したからといって、つい最近まで自由気ままに生きていた庶子が伯爵家の跡継ぎに据えられるっていうのはなかなかないものよ。だからどんな感じなのかと思って。人生がガラッと変わるって」

ゆっくりと首を巡らせ、永人に視線を移した。その表情には、不可解な熱がこもっていた。

「自由な場所から、がんじがらめの檻へ。何が見えた？　あなたの目に」

「……」

見えるもの。

永人の脳裏に、浅草の人々、七草《ななくさ》ら浮浪児たち、そして乃絵の姿がよぎる。

「お嬢さんから見たら、俺なんか自由に生きてきたように見えるでしょう。それは否定しませんよ。だけど……俺らから見たら、お嬢さんたちが自由にできることもある」

十和が眉をひそめる。

「そんなの、あるわけがないわ」

「だからお嬢さんの目には見えないんですよ。俺は今、俺の目に見えるものを言っている。

勉強ができる。どこかへ行ける。あったかいご飯が食べられる。自分以外に誰かが働いてくれる……これだけでも、十分にお嬢さんは自由だ」

ぎりりとまなじりを吊り上げ、十和が「冗談じゃないわ」とうなった。

「やめてよ。せっかく檻から逃れて得た自由が、そんな平凡なものだなんて絶対にいやよ。訊くんじゃなかったわ。浅草育ちの芸妓の子だっていうから、どんなけったいな子かと思っていたのに。つまらない」

「……」

「私はね、自由を得るの。そして……必ず幸せになるのよ」

〝幸せ〟。やけに唐突に思える言葉を口にすると立ち上がった。背後に控えていたあの女中がさっと彼女の傍らにつく。

「ごきげんよう。檜垣様」

膝を折り、慇懃に頭を下げる。そのままきびすを返し、サロンから出て行ってしまった。

……あれ。もしかして嫌われた？　お見合い失敗ってやつか。とたんに、こちらの様子を窺っていた両家の人々の視線が刺さった。話の内容までは聞こえなかったであろうが、相容れなかった雰囲気はビンビンに感じ取れたはずだ。あちゃあ。母ちゃんがまた悪く言われる。

「……」

ま、いいか。永人は内心ため息をついた。

あの人と自分がうまくやれるとも思えない。お互いのためにも、この話はご破算にしたほうが無難だぜ。

気まずい空気が両家の間に流れているのが、離れた場所からも分かる。すると、数明が朗らかな声を上げた。

「そうだ、本場英国から取り寄せたウィスキーがあるのですよ。皆さん、いかがです？　津田！」

家令を呼ぶ。が、サロンに慇懃な家令の姿はない。そこで数明はサロンの隅に控えている和服姿の若い女中に向かって言った。

「ああじゃあ君、ウィスキー一式をお持ちしなさい。おや。戸田《とだ》さんはどうした？」

戸田とは遠坂家の女中頭だ。晩餐の給仕も家令の津田とともに彼女が取り仕切っていた。四十代後半と思われる彼女の仕事は完璧で、料理を出すタイミングも所作もまったくそつがない。ほかの女中に対しても厳しく振る舞っているのが見て取れた。

若い女中が小さく答えた。

「今、厨房のほうに」

「では用意するものは分かるね？　すぐにお持ちしなさい。まったく津田も戸田さんも、お客様をほったらかしにして仕方がないな！」

そうは言うものの、数明の声はやはり軽やかだった。確かに、今夜の晩餐は料理も給仕も満足のいくものだった。遠坂家の威光を示せたことで気分がいいのであろう。一礼した若い女中が出て行くと、数明が今度は息子の数士に声をかけた。

「数士、お前の部屋に影人君と永人君をお誘いして話をしてきたらどうだ？　若い男子で話が弾むこともあるだろう」

「はい。分かりました。お父さん」

父に命じられた数士が立ち上がる。もともとこういう性格なのか、やけに素直だ。

「あ、ああ、それなら招いたオペラ歌手が控えているんですよ。彼女の歌を聴いてからというのはどうです？」

すると、将明が横から口を挟んだ。「歌手？」八重子がかすかに顔をしかめる。彼女にとっては、歌手も女優も卑しい職業に過ぎないのだ。

けれど将明の声を振り払い、幹子と琴音に挟まれていた影人が飛び上がった。

「オペラも拝聴したいですが、遠坂家では最新の重機製造についての資料を海外からも取り寄せていると聞きました。その辺の話をまずは伺いたいな。なあ檜垣君！」

「え？　あ、は、はあ」

目を白黒させる永人に構わず、黒ノ井が熱い口調で続ける。

「遠坂さん、数士さんの部屋で話をしてきてもいいでしょうか？　他国の重機における研究開発がどのくらい進んでいるものなのか、ぜひ知見を共有したい」

熱心な黒ノ井の様子に、数明が彼の両親に向かって感心した顔を見せた。

「ご子息の立派な心がけ、感服いたしました。寸暇を惜しんで学ぼうというこの姿勢、我が国の将来は安泰ですな！」

国の将来。おべっかにしても、ずい分と大きく出たものだ。とはいえ、永人もここぞとばかりに立ち上がり、先導する数士について黒ノ井とともにサロンを出た。とたん、ホッと息をつく。隣を歩く黒ノ井にささやいた。

「助かった……もう窒息しそうでしたよ」

「俺なんか両側から挟み撃ちだぞ？」

幹子と琴音。なかなかに強力な布陣だ。

「そういや琴音お嬢さん、東堂先輩にご執心だと聞きましたよ」

「広哉は蒼太郎と小学校も一緒だったから、あの姉妹とも小さい頃から顔見知りなんだよ。俺が初めてあの子と会った時には、すでに広哉しか眼中にないって感じだった」

「……アレ。もしやモテる？　東堂先輩って。あんなおっかない人なのに？」

「あいつは女性陣には絶対に本性を見せないからな」

食堂室を出てホールのほうへ足を向けると、大応接室を挟んだ向かいに二階へと上がる階段があった。階段を上る途中、階下を人の気配が通った。見下ろすと、大ホールを琴音と伊山が横切っていくところだった。どうやらこの階段の下、ホールを脇に入ったところにはばかりがあるようだ。

おっといけねえ。目が合ったらまた嫌味を言われる。永人はあわてて視線をそらせ、そのまま数士と黒ノ井について階段を上がった。

二階は小ホールを中心に廊下が左右に延びており、数士は右手の廊下を進んだ。彼について歩き出した永人は、気配にふと振り返った。

背後には小ホールを挟んだ左手の廊下が延びている。どの部屋からか、物音がした気がしたのだ。「ん？」耳を澄ます。気付いた黒ノ井も振り向いた。

「どうした。檜垣」

「いや……あっちの廊下の部屋から音がしたような」

数士も足を止め、三人でしばらく小ホールの先にある廊下を見ていた。しかしそれきり、動くものもなく音も聞こえない。

「すみません。勘違いだったみたいです」

「あちらは両親の私室に寝室、あとは父の書斎だね」

「書斎ですか」

「うん。だから勘違いだと思うよ。今、使用人たちは全員下にいるし。それに書斎のほうは、父は普段から家族にも立ち入らせないくらいなんだ。使用人で入れるのも、せいぜい家令の津田までだね」

隙のない佇まいの老爺の姿を思い出す。黒ノ井が続けた。

「津田さん、先代から奉公しているんでしたか。確かに結構なお歳だ」

「だから僕などはまったく津田に頭が上がらない」

そう言って数士は苦笑した。子供のような笑顔だった。

「最近も使用人の退職が続いてしまってね。新しい人を雇って教育し直さねばならないから、また大変だったと思うよ」

「退職ですか」

「本当に偶然なのだけど、女中が二人と、下働きの男が。全員、怪我をしたり急病になったりで。だから急遽人づてに募集してね。ああそうそう、ずっと出入りしていた庭師も、なんでも事故に遭ったとかで突然来られなくなって。将明叔父さんの伝手で、代わりの人がすぐに見つかったからよかったけれど」

庭で詩子のハンケチを拾った男を思い出した。腰の曲がった老爺。確かに十和の言う通り、どことなく得体の知れない感はあった。

それから、数士は右手の廊下の最奥にある部屋に二人を招き入れてくれた。洋風の室内は意外にも質素な印象で、ゴテゴテと豪華な調度品に囲まれている階下より、よほどホッとできた。黒ノ井とともに、勧められるまま長椅子に腰かける。

「影人君は重機についての海外の資料が見たいんだっけ?」

あの部屋を出たかった方便です。とも言えず、「はい」と黒ノ井が頷く。それから永人を見た。

「そういや檜垣、一野坂家のご令嬢と親しげに話して……あ。まさかさっき言ってた話」

「あれが親しくしているように見えました? めでたく、角を立てなかったことにしましたよ」

「ははぁ。気が強そうだもんな。今日もわざわざ目立つ洋装で来るというのも、我が強いというか……あ、遠坂家は昔から一野坂家の皆さんとは親しくしているんですよね」

黒ノ井に訊ねられた数士が、本棚を探しながら答える。

「うん。確かに、十和さんは幼い頃から自分の意見をはっきり言う子だったね。一度こうと決めたら、絶対に後には引かないんだ」

苦笑いを浮かべた数士が、ぽつりとつぶやく。

「だから、僕などはいつも振り回されて――」

言葉が背表紙に溶けていく。え? と訊き返す前に、「あった」と数士が振り向いた。一冊の冊子を黒ノ井に手渡す。開くと、ぎっしり書き込まれた英文と一緒に、写真や図版が載っていた。「これは」と黒ノ井の表情が変わった。数士も小さく頷く。

「我が遠坂重機でも、河川工事や鉱山などで使う浚渫《しゅんせつ》機、ショベルなどは開発してきたけどね」

「ですがこれ……工事用ですか？」

「違う。軍需用だね」

軍需。戦争。永人はどきりとする。数士が声を潜めた。

「実は、遠坂重機も政府から内々に打診されている。銃器や爆弾などの類ではない、さらに殺傷能力のある武器を造れないかと。父も半年ほど前から開発部の技術者たちに図面を作らせている。この設計図は参考にと極秘に取り寄せたものでね」

紙面にはひし形がひしゃげたような図が載っていた。その形を数士が指でぐるりとなぞる。

「この部分が、平べったい車輪のようになっているんだ。車体全体をこの車輪で挟んだ形なんだね。そのため、タイヤなどよりはるかに重い大砲や装備を載せたまま、整地されていない場所でも自在に動ける」

「……頑丈な車体に大砲を搭載……無敵だな」

「うん。遠坂重機の場合、こういう車体にイギリス製の機関銃などを搭載することも検討している。一分間に七〇〇発以上の弾を発射できるのだよ。こうなると、使い方さえ分かっていれば、新人の兵隊でも効率よく敵を倒せるようになる」

あまりに平然とした数士の語り口に永人は戸惑った。その〝敵〟は同じ人間であろう。一分間に七〇〇発？　本当に？

黒ノ井が眉間にしわを寄せる。

「確か……ドイツによる飛行船を使った爆撃も開始されましたよね。フランス本土がやられたと」

「そうだね。現大戦が始まった当初は、まだ馬と騎兵、歩兵が主戦力だったというのだから驚くね。ほんの二、三年前のことなのに隔世の感がある。今や、こうした大型武器は自国を守るだけではない、国力の誇示、他国への牽制ともなる。だから軍需開発は喫緊の課題だ。遠坂重機は、この戦争によってますます大きくなる」

「……」

「影人君のところも同じだろう。黒ノ井製鉄が造る鉄は国内のあらゆる産業に使用されているだけでない、ヨーロッパ諸国にも輸出されている。軍需景気によって勢力を拡大した我々遠坂重機や黒ノ井製鉄は、この国にとって欠かせない大きな柱となる。国の行く末を握っていると言ってもいい」

優しげな数士の口から、人を殺すための道具の話が淡々と語られる。永人は息を詰めて二人を見ていた。黒ノ井も普段の明るい様子はみじんもなく、真剣な表情だ。

将来はどうする？　昊の言葉が甦る。

一年後、五年後、十年後。

自分たちは、果たして何をしているのか。何を見ているのか。決して分かるはずもない未来とやらが、自分を足元からひっくり返す気がした。

「でもね。時々、このままでいいのかなと思うことがあるよ」

数士がぽつりとつぶやいた。冊子から顔を上げた黒ノ井も彼を見る。

「このまま、家業を継げば食うには困らない。重機製造は、この先決して廃れる業種ではないからね。だけど……もっと違う世界があるんじゃないか？　と思うことがあるんだ」

「違う世界、ですか」

「僕の人生は、果たして誰のものなのだろうと……疑問に思ってしまうんだよ」

けれど、そこまで言ってから、寂しげな笑いを顔ににじませた。永人はハッとした。

木立の中で、女中と別れた時に見せた顔だ。

「と、思っていたのだけどね」数士が暗い声で続けた。

「僕は父の後を粛々と継いで生きていくというのが相応らしい」

「……」

「やはり、僕は世間知らずのお坊ちゃんなんだな」

妙な自嘲を始めた数士を、黒ノ井が困った顔で見ている。そんな二人から視線をそらし、窓の外を見た。すっかり闇に包まれている遠坂家の庭の木立が見渡せる。窓から漏れる明かりや月明かりがほのかに木々の輪郭を浮かび上がらせているものの、ほとんどが墨に浸されたように暗く沈んでいる。

その時、真下から二つの人影が現れた。数士の部屋は応接室やサロン、食堂などがある並びとは反対に位置している。この下はまた違う用途の部屋なのであろう。その二人の後ろ姿に永人の目が引かれた。

あずき色の和服姿、質素な束髪の女性に続き、風呂敷包みを持った藍色の洋服姿の女性。間違いない。一野坂家の女中と十和だ。二人が足早に木立の中に入って行く。どこに行くんだ？

「……」

しかし、永人を包んだのは猛烈な違和感だった。たった今、見下ろした光景はやけにちぐはぐだ。けれど、すぐにはその正体が摑めない。なんだ？　今、何に引っかかった？

首を傾げるうち、彼女らが消えたあたりはあの祠に通じているのではないかと気付いた。

どうしよう。永人が逡巡《しゅんじゅん》した時、部屋の扉が叩かれた。「はい」と数士が答えると、叔父の将明が顔を覗かせた。

「数士。兄さんが呼んでいる。そろそろ歌を聴こうということになってね」

聞けば、招かれたのは帝劇で活躍していたという触れ込みのオペラ歌手だという。「分かりました」と言った数士が冊子を閉じながら叔父を見た。「その歌手の方、叔父さんのご友人の知り合いだとか。どんな歌を聴かせていただけるのか楽しみです」

甥の言葉に、将明が丸い顔を頷かせた。そして、階下へと去っていく。

「ゆっくりできなくてすまないね。では行こうか」

二人を振り返った数士も部屋を出て行く。永人は一野坂家の令嬢と女中のことを言おうか迷ったが、結局は黙っていた。二人の行動の真意が分からない。自分の言葉一つで、彼女たちの立場が危うくならないとも限らないのだ。

もう少し様子を見るか。そう思った永人は、黒ノ井、数士について階段を下りた。一階に下りて玄関ホールを歩き出したとたん、つまずきかける。

「わっ」

「ん？　どうした？」

革靴の紐を踏んづけたせいで、ほどいてしまったのだ。「ああ、もう」と永人は屈んで靴の紐を結び直した。立ち止まった黒ノ井が数士を見る。

「すぐに追いかけますから。数士さんは先にサロンのほうへ」

黒ノ井の言葉に頷いた数士がサロンへと消えていく。ホールに二人きりになった永人は、知らずため息をついていた。

「なんか、色々考えちまいましたよ」

「何が」

「そりゃあね、商売ですから。きれいごとは言ってられねえ。そんなの分かってます。でも……あの優しそうな数士さんが当然のように人殺しの武器を造る話を聞いちまうとね。しかも尋常じゃない数の人を」

「……」

「強くて大きいってのも、考えもんかもしれねえですね」

そう言いながら立ち上がった時だ。

かたん、と頭上で音が鳴った。はっと二人は顔を見合わせる。

「まだ上に誰かいたか？」

「いや……おそらく、誰もいねえと思いますけど」

二人は息を詰めて階上を窺った。先ほど、書斎の周辺で感じた気配と同じか？

けれど、しばらく耳をそばだててみたものの、それきりなんの音もなかった。邸内は静かなままだ。永人は首をひねった。

「やっぱり勘違いか――」

そして気付いた。

静か過ぎないか。

似たような大きさの檜垣家では、しょっちゅう女中やら使用人の男やらが行き来しているというのに。特に今日は客を招いての晩餐会なのだ。いわゆる裏方はもっとあわただしくてもいい気がするが。

「……先輩。なんか……妙に静かじゃねえですか」

永人の言葉に、黒ノ井が周囲を見た。それから階上に視線をやり、「ちょっと見てくる」と下りたばかりの階段を駆け上がっていく。残った永人はサロンへと足を向けた。

サロンに入ると、すでにオペラ歌手がピアノの前に立っていた。女性にしては大柄で、腕や胸、腰もぐぐっと横にせり出し、豊満を通り越して威圧的ですらあった。その上、彫りの深い面立ちに派手な化粧を施しているのだ。ずい分と目立つ人だ。しかも着ている服は鹿鳴館時代のドレスのようで、キュッと絞ったウエストから続くスカートはふんわりと弧を描いて床を引きずっている。永人の目にはやけに時代錯誤に見えた。流行りの浅草オペラの女優のような衣裳だと、少々だらしのない寝間着ふうに見えるからか。

「あれ？」

永人は琴音がいないことに気付いた。伊山もいない。そういえば、先ほどはばかりに向かってはいたが。にしては、少し時間がかかり過ぎていないか。

「……」

扉から一歩踏み込んだまま、立ち尽くす。なんだ。胸中がざわりと逆立つ。

やはり何か妙だ。そう思った瞬間。

照明が一段落とされた。室内が薄暗くなる。ピアノの奏でる音色が薄闇を震わせ始めた。視界が満足に利かない分、その優美な音色が全身から染み入ってくる。

階上に行っていた黒ノ井が室内に入って来た。永人は反射的に身を屈め、彼の服の裾を引いた。「な?」と叫びかけた黒ノ井を引っぱり、廊下に出る。

「何を」

「シッ!」

指を立てた瞬間、歌手の明朗な歌声が流れてきた。歌というより、口から声という風船をふくらませてポンポン飛ばしているみたいだ。それくらい迫力のある声量だった。が、この声量、今はありがたい。永人は黒ノ井にそっと耳打ちした。

「先輩。やっぱりおかしい」

「あ?」

「……人が消えてる」

永人の言葉に、黒ノ井が顔をしかめた。

「上は? 誰かいました?」

「部屋の一つ一つを開けて回ってはいないが、少なくとも二階の廊下には誰もいなかった。しばらくホールで気配を窺っていたんだが、特に物音もしなかった」

「この家、何人使用人がいましたっけ」

「津田さんに女中が五、六人……ああ、下働きもいるって言ってたな」

「今、どこにもいなくないですか？」

黒ノ井の眉間のしわが、ますます深くなる。

「そういえば数士さんを呼びに来たのも、津田さんでなく将明さんだったな」

「ですよね。あの職務に忠実そうな人が、主人一家の誰かに手間を取らせるような真似をしますかね？　それに思い出してみれば、サロンにいた時から津田さんと女中頭の戸田さんの姿はなかった。晩餐の時はずっと室内にいたのに――」

言葉を呑んだ。

木立の中へと消えた一野坂十和と女中。

「檜垣？」

「先輩。さっきの祠、行ってみませんか」

首を傾げる黒ノ井をよそに、先ほど二人が出てきたと思われる出入り口を探す。程なく、大玄関を右手に進んだ先に位置する勝手口と分かった。家屋の端に位置しており、庭に出られる。数士の部屋の位置とも符合する。

音を立てないよう気を付けながら、勝手口から外へと出る。闇に埋もれた木立を目指して歩き始めた。黒ノ井も足音を忍ばせてついてくる。

「一体なんだってんだ檜垣？」

「分からねえです。単なる考え過ぎならそれでいい。だけどなんだか……よくねえぞってささやくんですよ。俺ん中の何かが」

「少年探偵團の勘ってやつか」

軽薄さを装っているものの、黒ノ井の声音も緊張していた。

個人邸の敷地内とはいえ、木立はうっそうと深い。月明かりと邸宅の明かりだけでは、うっかり闇に呑まれそうになってしまう。

目当ての祠に着いても、人影はどこにもなかった。暗がりを吸った葉擦れの音が不気味に響いているだけだ。一野坂十和と女中が木立の中に入って行ったと言うと、黒ノ井は眉をひそめた。

「さっきの数士さんと女中のいわくありげな様子と関係があるのか？」

「ですが、数士さんはずっと俺たちと一緒でしたよね？　今もサロンにいるし……それなのに、二人はどこへ行ったのか」

「邸に戻っているかもしれないぞ。確認しよう。で、使用人たちも捜すんだ。なんてことはない、全員でサボってるだけかもしれない」

「そうですね」永人も頷いた。が、何かがズレたような嫌な感覚は抜けない。それは黒ノ井も同じなのか、いつになく黙りこくって遠坂邸のほうへと足を向けた。

木立を抜けた先にある遠坂邸は、向かって左手のほうにサロンがある。そちらをそっと見遣った永人はぎょっとした。

庭に通じる背の高い窓は今も開かれており、室内の淡い光が頼りない靄のように芝生を濡らしている。中からは騒々しいほどのオペラ歌手の歌声。高く強い声音は女性のものであるのに、何やら別の生き物の声のようだ。

そのサロンに、藍色のワンピース姿の人物が入って行ったのだ。永人が見た瞬間に、長いスカートの裾が窓から中へと消えた。あれは、十和？

「おい」

とたん、黒ノ井に腕を取られた。見ると、彼が目を見開いて頭上を見上げている。その視線を辿《たど》った永人は息を呑んだ。

二階の一室に小さい明かりが揺れている。ろうそく？　誰かが侵入している？

「誰かいる？」

「あの部屋……確か」

「書斎？」

その時だ。

中にいる人物が窓際に近付いた。二人同時に目を瞠る。

「そんな――」

そうなったきり、黒ノ井は言葉が続かなかった。

暗がりの中から浮かび上がったのは、檜垣蒼太郎の顔だった。

「蒼太郎……？」

夜目にも黒ノ井が青ざめたのが分かる。驚いたのは永人も同じだった。東堂、黒ノ井とともに画策し、学園から姿を消した檜垣蒼太郎。遠い異国の地で死んだという報が流れた義兄——

違う。

二人はすぐに視線を交わし合った。

あれは蒼太郎なんかじゃない。以前もこれと同じことがあった。

『夜光仮面』騒動だ！

「と、いうことは——」

永人がうめいた時だ。

勝手口が開く音がした。二人はぎくりと身を震わせ、出てきたばかりの木立に飛び込んだ。夜陰にまぎれ、木の陰に身を潜める。

男が一人現れた。作務衣という恰好からして下働きの男であろう。雇ったばかり。数士の言葉が甦る。

最近、使用人が立て続けに代わったと言っていた。女中が二人、あの男、そして庭師。永人の思考が目まぐるしく回転する。

使用人と客らの奇妙な消失、そして現れた蒼太郎。

男は背こそ高くないものの、屈強な体付きをしていた。今もこん棒のような太い腕を剝き出しにして、左肩に麻の袋を担いでいる。縦に長い。永人は眉をひそめた。同じ不審を感じるのか、黒ノ井が小突いてきた。

男が木立に入り、祠があるあたりまで歩く。肩に担いでいた麻の袋を地面に下ろそうとした。

その時、袋の中から何かが転がり出てきた。月光を照り返し、光るそれを見た永人は息を吞む。

翡翠の玉が付いたかんざし。

木陰から駆け出した。「檜垣!」黒ノ井が焦った声で叫ぶ。永人は男が振り返るより早く、その腰目がけて頭突きをした。目の前に火花が散る。が、とっさのことで防御しきれなかった男の体勢が崩れるや、さらに背中に蹴りを入れた。けれど崩れかけた男は、ふりむきざま右腕で永人の横面を殴り飛ばした。音が消える。勢いで地面に叩き付けられた。すぐに起き上がろうとしたが、目の前がグラグラ揺れていた。「檜垣!」という声に、どうにか焦点を合わせる。黒ノ井が男の首に背後から腕を回していた。背は黒ノ井のほうがずっと高く、腕も長い。彼がギリギリと首を締め上げると、男の顔はみるみる真っ赤になった。黒ノ井が叫んだ。

「檜垣！　夏野《なつの》の背負い投げだ！」

夏野。千手學園の五年生、夏野仁平《じんぺい》だ。剣道の達人なのだが、武道全般に秀でており、たまに下級生も指導してくれる。つい最近、柔道の授業でいまいちコツが摑めずにいた永人にも指導してくれたのだ。

先輩はなんて言っていたっけ？

相手の懐には電光石火の速さで。首元、袖口を摑んでワキに入る瞬間に身体を回転。相手を引き上げ、おんぶするような体勢に。そして力を入れるのではない、自分の全身が柔らかい大ゴマになったようにイメージして——

「投げろ！」

黒ノ井の声とともに、勢いよく男を背負い投げした。力の限り地面に叩き付ける。

後頭部をしたたかに打ち付けたのか、男はそのまま動かなくなった。黒ノ井があわてて麻の袋を開く。中から、後ろ手に縛られ、手拭いで猿轡《さるぐつわ》をかまされた琴音が出てきた。

「お嬢さん！」

黒ノ井が手首を縛っていた荒縄をほどき、気絶した男の両手首を後ろ手に縛り上げる。

永人も同じようにほどいた手拭いで男に猿轡をかませると、やっと息がつけた。

「なんなんだこいつは……一体、何が」

「お兄様ぁ！」

涙でぐしょぐしょになった琴音が黒ノ井に抱き付いた。普段の彼女であればあり得ない行動だが、動転しているのかためらいがない。しがみ付く琴音をなだめながら、黒ノ井が訊いた。

「琴音さん、何がありました？」

「は、はばかりに行きましたら、外で伊山の悲鳴が、そうしたら、と、突然知らない男が入って来て、首を絞められて」

「それはこの男？」

おそるおそる倒れている男を見た琴音が、ぶんぶんと首を振った。

「暗いのでよく分かりません……た、ただ、その男は首に手拭いを」

首に手拭い。永人の脳裏に、先ほど見た老爺の姿がよぎる。あの庭師か？

はっと永人は義姉を見た。

「そういや、伊山さんは？」

「分からないわよ！　私だって何がなんだか」

まだ遠坂邸の中か。立ち上がろうとするが、とたんに全身に痛みが走る。そのまま、がくんとしりもちをついてしまった。

「檜垣？」

「痛ぇ〜今になってワンワン来やがる」

あの太い腕に思い切り殴られたのだ。明日には、顔にでかい青タンができるかもしれない。頰を押さえてうなる永人を琴音が振り返った。

ふと、転がっているかんざしが目に入った。手を伸ばして拾い上げ、琴音に差し出す。

「はい。お嬢さん」

差し出されたかんざしを、琴音がまじまじと見た。が、手を出そうとしない。

「……ああ」

妾の子が触ったかんざしなんざ、手にしたくねえか。

そう思って引っ込めようとした時だった。琴音が永人の手からかんざしを奪い取った。

「それ、い、痛むの？」

「は？　はあ、まあ」

「ふんだ。お礼を言ってもらえるなんて思わないでよ。女性が危険な目に遭ったら、男子が助けるのは当然のことですもの」

へえへえ、さいですね。永人は苦笑した。頰がビリビリ痛む。

「その通り。何しろ、この檜垣は広哉の一番のお気に入りですから」

すると、突然黒ノ井が琴音に向かって言った。「え？」琴音が彼を振り向く。

「先ほども言ったでしょう？　この檜垣永人は、あの東堂広哉が誰より一目置く男なんですよ。真っ直ぐで嘘がない。俺にはとても真似できない。だから琴音さん。あなた、この弟をもっと誇っていいんですよ」

琴音の瞳が揺らいだ。また、あの無防備な子供のような表情になる。「無理よ」と言うと、その目からぼろぼろと涙がこぼれ落ちた。

「む、無理よ、だって、だって……蒼太郎お兄様じゃないもの、この子はお兄様じゃないもの」

悲痛な声だった。普段の強気な色はかけらもない。黒ノ井が顔を強張らせる。

「なんでいなくなっちゃったの？　どうして私たちを置いてどこかへ行っちゃったの？　弟なんて、無理よ、認めたら本当にお兄様がいなくなっちゃう！」

泣きじゃくる琴音を前に、黒ノ井は言葉を失っていた。困ったような、怒ったような表情で立ち尽くしている。

蒼太郎の失踪に手を貸した。自分たちがしでかしたことの大きさ。

八重子も詩子も、琴音と同じく、蒼太郎を失って心から悲しんでいる。永人はその姿を散々見てきた。

挙句、彼は異国の地で――

息苦しい。永人は窮屈で仕方ない上着を脱いだ。そしてかんざしを握りしめたまま泣く琴音を見た。

「お嬢さん、せっかくの髪が」

言葉を呑む。髪――

先ほど、数士の部屋から見た女中と十和の姿。

違和感。これだ。そして自分が脱いだ上着を見下ろす。

「……そういうことかよ」

うなった永人を「どうする」と黒ノ井が振り向いた。どこか疲れた声音だった。

「賊が侵入しているのは確かだ。警察を呼ぶか」

「そうですね。先輩、もしくはお嬢さん。この邸の駐車場は分かりますか。確か敷地の裏手にあるらしいんですが」

「玄関から出て、ぐるりと回るから少し時間がかかるな」

「わ、私、近道が分かるわ」

琴音が涙をたもとで拭いながら答えた。

「遠坂のお邸は何度か来ているから……ここから庭を突っ切ったほうが近くてよ。駐車場と通じている裏門があったはず」

「そりゃあいい。先輩、お嬢さんと一緒に駐車場に行って、手島さんたちに頼んで警察に連絡してもらってください。一刻も早く」

「分かった。檜垣は？」

「俺は」木立の間から遠くに見える遠坂邸を見上げた。そしてふと気付く。

先ほどまで聴こえていたオペラの響きが途絶えている。気付いた黒ノ井も顔を強張らせた。

「なんだ？　やけに静かじゃないか」

「俺はサロンに戻ります。なんか……嫌な予感がするんです」

＊

影人様が戻ってこない。

幹子はハンケチをキリキリと揉み込んだ。

なんてバカなの、幹子。恥ずかしがらずに、今日は影人様がいらっしゃるかどうか、お父様とお母様に確かめればよかったのよ。そうすれば、名前入りのハンケチをまたご用意できましたのに！

女性歌手の甲高くて太い歌声を聴きながら、幹子は堂々巡りの自己嫌悪に陥った。

最初にお送りしたハンケチを失くされたことを、影人様はずい分と気に病んで謝ってくださいましたけど、あれは影人様が悪いのではない。私がいけなかったの。想いの丈を込めたハンケチを郵便で送るなんて、そんな怠慢、恋の神様がお許しになるはずがなかったのよ！　だから今度こそは、おまじないのハンケチを直接手渡ししようと心に決めておりましたのに……バカバカ！　幹子のバカ！

そっとサロンを見回した。やけに薄暗くするのは、こういう演出なのだろうか。確かにあまり視界が利かないと、歌声が五感すべてに染み入るように感じられる。影人はやはりいない。そしてさらに見ると、檜垣家の琴音もいないことに気付いた。

ま、まさか影人様と逢引きっ？　そんな！　そんなことって！

が、すぐに一野坂家の十和もいないことに気付き、少し安堵する。しかし、だからといって安心はできない。彼女たちのどちらかと、今頃会っているかもしれないではないか。二人きりで？　いやああ！

今にもソファを蹴倒し、駆け出しそうになる。けれど、幹子はその衝動をどうにかこらえた。

待って。待って待って落ち着いて幹子。あなたはいつもそう。思い込むと止まらないの。よく見て。学園の後輩だという方もいらっしゃらないじゃないの。きっと、影人様はあの方とご一緒なのよ。落ち着いて、深呼吸するのよ。

あの男子が檜垣一郎太大蔵大臣の子息、檜垣永人だったのだ。幹子は前回に上京した際に、影人が話してくれたことを思い返した。

春、名門私立の千手學園に突然現れた転入生。やることなすこと破天荒で、退屈だった学園生活が一気に賑やかになったという。

「僕たちは定規で測ったように何もかも整頓された世界に生きていたんですよ。言わば、自分の将来像もすべて見えている生徒ばかりなわけです。そんな学園に突然現れた彼は……まったく予測がつかない竜巻のようでした。一分先の彼の行動も読めない。こんなことは初めてでした」

影人は現陸軍大臣の令息とも親しくしているようだが、檜垣永人の話をしている時の顔はまた違っていた。影人様があんな楽しそうな顔をするなんて、と妬《や》けたことを思い出す。

「……」

将来。手元にある巾着袋を引き寄せた。中から一枚の手鏡を取り出す。手にすっぽりと収まる卵形をしており、漆塗りの本体には花模様の螺鈿《らでん》細工があしらわれている。

著名な祈禱師に念を施してもらった手鏡だ。願いを込めてから見つめると、鏡の中に自分の未来が映るという。両親はまったく信じてくれないが、この祈禱師のことを教えてくれた友人の姉は、鏡の中に若い男性の姿を見たという。友人は「きっと、姉の結婚相手が映ったのですわ」と興奮気味に話していた。

願いを込めて。幹子はキュッと目を閉じ、そして鏡を見つめた。

影人様と一緒になれますように。影人様と一緒になれますように。影人様と――

「あら？」

ふと、自分の背後に映り込むものに気付いた。室内の薄明かりが何かに当たり、きらりと反射したのだ。誰かが庭から入って来た。歌手の圧倒的な声量、薄暗がりのせいで周囲の人は誰も気付いていない。幹子は鏡を動かし、今見たものを再び映そうとした。けれどすでに見失ってしまい、鏡の中には聴き入る客の姿が映るだけだ。

誰かしら。今、一瞬光って見えたあの色を身に着けていたのは――けれど幹子の思考は、新たに鏡に映ったものに取って代わられた。

部屋の隅に立つ女中の一人が、パクパクと口を動かし、何やら小さく手ぶりしている。脇を締めた手旗信号みたいだ。何をやっているの？　幹子は顔を上げ、女中が見つめる先をそっと見た。サロンの入り口の一つが、細く開かれている。誰かがあそこにいる？

その時だ。

照明が完全に消えた。闇に呑まれ、何も見えなくなる。女性の悲鳴があちこちで上がった。「明かりを！　津田！　誰か！」焦った遠坂数明の声が飛ぶ。

次の瞬間、再び照明が点いた。けれど、やはり一部の淡い照明だけで薄暗い。それでも、目の前に現れた光景に誰もが息を呑んだ。幹子もその場に卒倒しそうになる。

目の前に作務衣姿の男が立っている。まるで、今の今まで歌っていたオペラ歌手が男に成り代わってしまったかのようだ。

そしてその腕には、藍色のワンピース姿の女性が捕らえられていた。

「十和っ？」

一野坂貞三が悲鳴を上げた。女性陣がいっせいに金切り声で叫ぶ。数明がわめいた。

「津田！　どこだ津田！　こいつをどうにかしろ！」

「うるせえ！」

しわがれた声とともに、乾いた破裂音が鳴った。耳の奥深くを引っ掻かれたように感じ、幹子は思わずその場にうずくまった。男が短銃を撃ったのだ。

キャアというより、キィという声で誰かがわめいた。その声のほうに男が銃口を向ける。

「わめくな！　ここから一歩でも出たらぶち抜くぞ！」

言われずとも、幹子を含めた全員が縮み上がって動けない。が、幹子は不思議で仕方がなかった。

明かりが消えたのはほんの数秒だ。サロンの扉が開かれた気配はなかったし、第一、駆け込んでくるほどの時間もなかった。それなのになぜ、あの男は突然現れたのか。まるで天から降ってきたかのようだ。男が立っていた場所にいた歌手は、少し離れた場所で縮こまっていた。

男が首に腕を回している十和の頭に銃口を突き付ける。

「遠坂さんよ、あんたんとこの会社の資料、全部出してもらいましょうか。もちろん、最近熱心に作ってる例の武器の設計図、材料の調達経路、関わってる人員名簿も全部」

「ハア？　そ、そんなことできるわけがない」

「そうですか。それでは一人一人お客人を殺していったら、素直に出してくれますかね？」

十和の頭にぐりぐりと銃口を押し付ける。一野坂の妻、滝子が夫に縋り付いた。

「あなた！　十和が、十和が」

「と、と、遠坂さん！　お、お願いします、娘を」

「いやしかし、資料を全部など」

「そうですわ！　遠坂の家が潰れてもいいとおっしゃるの？」

「なんだと？　では十和を見殺しにするつもりか！」

遠坂と一野坂の家が言い合いを始める。幹子は半ば腰が抜けた状態で、傍らにいる両親としっかり抱き合った。父の庭場長篤は温厚な性格で、残念なことに荒事にはまるで向いていない。

影人様！　どこにいらっしゃるの？　助けて！

「金か？」

太い声がビリビリとサロンを揺らした。

黒ノ井剛喜だ。立ち上がったその姿は仁王像を連想させる。射抜きそうな鋭い目で賊を睨んだ。

「つまりは金か。それならば即刻用意させよう。まず令嬢を解放したまえ。女性を盾にするなど恥ずかしくないのか」

ふんと男が鼻で笑う。

「笑わせんな。じゃあ訊くが、テメエらが作っているものはなんだ？　赤ん坊だろうが年寄りだろうが、容赦なく木っ端みじんにしちまうもんじゃねえか」

剛喜の眉根がびりりと震えた。

「金？　そうだよ俺ぁ金が欲しい。金さえありゃなんでも手に入る。人の心だって買える。だが金は天下の回りものっていうがな、ありゃ嘘だ。金は貧乏人には回らない。だから俺の欲しいものはちと違う。金を永久に生み出せる知恵が欲しい」

知恵などという不似合いな言葉が、男の口からするりと出てきた。

「だからよ黒ノ井のダンナ、あんたの言ってる金はいらねえ。引っ込んでな」

「そうはいかない。令嬢を」

言葉は続かなかった。

男の向けた銃口が火を噴いたからだ。剛喜が後ろにのけ反り、そのまま床にどうと倒れる。「あなた！」妻のすゑが絶叫した。

サロン中が恐慌に陥った。全員が互いの家族とひと塊になり、腰を抜かしている。「あなた、あなた」というすゑの声が空しく響いた。幹子は呆然とした。

影人様のお父様が。なんてこと。なんてこと！

「騒ぐな」

剛喜がうめいた。すゑだけでなく、幹子もはっと顔を上げた。

「肩に当たっただけだ。これしきのことでうろたえるな。黒ノ井の嫁が」

ぐっと涙を呑んだすゑが「分かってます」とシャンと背筋を伸ばした。夫の羽織を脱がせ、着物の前を開いて傷口を露出させる。硝煙の匂いに加え、血なまぐささまで漂ったように感じ、幹子は唾を呑んだ。すゑがお付きの女中にハンケチや手拭いを出させて強くあてがった。周囲の人々はただ呆然としていて、手伝う気配もない。

男が不敵に笑った。

「分かったかよ。こっちも弾の無駄をしたくねえんだ。遠坂さんよ、今すぐお宅の会社の資料、渡してもらおうか」

「に、兄さん！」

隅で震えていた将明が兄のもとに這いずる。ほとんどしがみ付くようにして言った。

「こ、ここは言うことを聞こう！　これ以上皆さんに何かあったら」

さすがの数明も、黒ノ井剛喜が撃たれた場面を目の当たりにしては、もはや抵抗しなかった。素直に頷き、よろめきながら立ち上がった。

「分かった……資料はすべて上の書斎にある。だからこれ以上乱暴な真似は」

「ハッ。最初から素直に応じてりゃあ、黒ノ井のダンナも余計な怪我をせずに済んだんだ。とっとと弾を抜かねえと、死んじまうかもなあ？　もっとも、テメエで製造した鉄製のテッポウに撃たれて死ぬんだ。ある意味本懐を遂げたとも言えるのか？」

そう言うと、喉に引っかかるような音を立てて笑った。当の剛喜は肩を押さえ、ぐったりとしている。するが押さえている布には鮮血がにじんでいた。死。幹子はぞっとした。

そんなバカな。人が死ぬということが、こんな簡単に起こるはずがない。

死ぬってもっと特別で、厳かなものでしょう？　こんな、いきなり目の前に降って湧くようなものじゃない！

ふらふらとした足取りで数明と将明がサロンを出ようとする。ところが男は彼らを追いかけようとせず、顎をしゃくった。

すると、驚いたことにピアノを弾いていた男が立ち上がり、彼らについて出て行った。手にはやはり短銃。

「あのピアニスト、仲間だった……？」

見回すと、自分を含めて十名ほどの客が残っていた。男性は一野坂貞三、遠坂数士と父の長篤、大怪我を負ってしまった剛喜。あとは女性客、そしてそれぞれの家の女中が数人。あまりの事態に誰もが呆然としている。影人、檜垣永人の姿はやはりない。

影人様――！　熱い涙が目の奥底から盛り上がってくる。が、すぐにそれを拭った。

泣いている場合ではない。

影人様はきっと来てくれる。それまでは気をしっかり持たなければ！

「さて」

依然、十和の頭に銃口を押し付けながら、男が口を開いた。

「せっかくですから、皆さんが身に着けていらっしゃる金品もいただきましょうか。おい」

男が部屋の端を見やる。

その声を合図に、控えていた女中が袋を手に回り始めた。右手にはやはり短銃を構えている。この人も仲間。幹子は驚いた。

端から順繰りに回り、銃口を押し付けては宝飾品や金品を袋の中に入れさせていく。幹子も手に握りしめていた例の手鏡を入れようとした。

「待て。なんだそれ」

「か、鏡ですっ」

「鏡ィ？　なんだよシケてんな。もっと金目のものはねえのかよ」

ムッとした。これは普通の鏡ではなくてよ？　念を込めた、未来が視える鏡なのですから！

……と、口答えできるわけもない。おろおろしていると、女中が「チッ」と舌打ちした。

「いいよ。それでいいから入れろ」

そう言って幹子の大切な鏡も取り上げると、今度は遠坂家の前に立った。今の今まで使っていた女中に本鼈甲《ほんべっこう》のかんざしまで奪われた遠坂良子が、憎々しげに言った。

「あなた、最初からこのつもりで遠坂の家に入ったのね？　外道！」

ふんと鼻を鳴らした女中がくるりと短銃を持ち替え、銃把で良子の額を殴った。ギャッと叫んで良子が倒れ伏す。「お母さん！」数士があわてて母を抱き起こした。

そんな母子を見下ろした女中が、冷たい声で吐き捨てた。

「えらそうに見下しやがって。テメエなんざ、たまたま金のある家に生まれただけの豚じゃねえか。猿だってお着替えくらい自分でできるぜ」

憎悪に満ちた声だった。聞いたことのない暗い声音に、幹子は臓腑をギュッと握りつぶされたように感じた。

どうしたらこんな恐ろしいことができるのか。そして言えるのか。

ひと通り金品を奪った女中が再びサロンの隅に立ち、男を背後から援護するように短銃を構える。少しでも妙な動きをしたら、すぐに撃たれる。脂汗を流して痛みに耐えている剛喜の姿が、全員をますます動けなくしていた。

「さて」

女中が金品を奪う間、ずっと黙っていた男が口を開いた。幹子は恐ろしさに、両親と手を握り合った。

「確かに、か弱い女性を人質に取るってぇのは、ちと胸が痛む。どうですかね。男性陣で、こちらのお嬢さんと人質を交代してやってもいいって男気のある方はいますかね」

薄明かりに、男のにやついた顔が浮かび上がる。人質の交代。誰もが息を呑んだ。

一野坂貞三が震える声を上げる。

「わ、わ、分かった、私が人質になろう、娘を返してくれるねっ？」

「あなた」という滝子の涙声が響いた。

よろめきながらも貞三が立ち上がる。しかし腰はすっかり引けており、今にもその場に崩れ落ちてしまいそうだ。

ところが。

「人質なら、僕がなります」

貞三の行く手を遮り、声を上げた人物がいた。幹子は目を見開いた。

遠坂数士だ。「数士さんっ？」驚愕する母の良子の声を振り切り、男の前に立つ。

「こんな事態に陥った原因は我が遠坂家の気のゆるみです。それが警戒を怠らせ、こうしてあなたたちのような賊を侵入させてしまった……僕は遠坂数明の長男だ。人質としては申し分ないでしょう。さあ。十和さんを解放してください」

そう言うと男を睨む。幹子は驚いた。

いつもやり手の遠坂数明氏の陰にいて、穏やかだという以外印象に残らない人物だった。それが女性を救うため、決死の覚悟で凶悪犯に立ち向かっている。

「必要ありません！」

良子が絶叫した。女中に殴られた額が痛々しくうっ血している。

「わたくしたちになんの落ち度があるというのです？　わたくしたちこそ純然たる被害者です！　お前が一野坂のために身を挺する必要などありません！　きょ、今日だってお義理で呼んだだけなのよ？　一野坂紡績は同業者に後れを取っていて、業績が傾きつつあるの。このご時世にですよ？　こんな特需の景気に乗り切れないなんて、そろそろ付き合いも潮時だとお父様もおっしゃっている、だからそんなことをする必要はないのです！」

一野坂夫妻が顔を歪める。「なんだと」と貞三がうめいた時だった。

「いいえ！」

強い声で数士が叫んだ。思いがけなく強い語調に、良子が震えた。

「ここで十和さんを見捨てたら、僕は一生自分を許せない。たとえ、十和さんが僕とは一緒になれないと決意したとしても……十和さんは、僕の愛する女性ですから！」

良子だけでなく、一野坂夫妻も目を見開いた。

「えっ？　十和と、数士君が？」

「な、な、なんですってぇ！　い、いつの間に？　数士さん、いつ一野坂の娘に誘惑されたのっ？」

「んまあ失礼な！　そちらこそ、うちの娘を傷物にしたのではなくって？　どう責任取ってくださるのっ」

なんなのこれは。違う混乱の様相を呈してきたサロンで、幹子は唖然としていた。

けれど、こんな恐ろしい事態だというのに、胸にこみ上げるのは熱い感激だった。

反目する家同士の息子と娘の恋……！

しかも、その女性を命がけで守ろうとしている！

なんて素敵なの！　まるでお芝居のよう！

「うるせえ！」

騒乱の中に男の怒号が響いた。かしましく罵り合っていた良子や貞三らがぴたりと口を閉ざす。

「ギャーギャーキーキー、盛りの付いた猫かテメエら！　おいおい兄さんよ、このお嬢さんを助けんのか、それともオカアサマの言うことを聞いて引き下がんのか？　どうすんだアア？」

「助けます。僕が十和さんの代わりに人質になります」

「数士さん！」母親の絶叫を背に、数士が一歩踏み出した。男がにやりと笑う。十和の首をきつく締めていた腕をゆるませる。

彼女のほうに、数士がゆっくりと歩み寄った。

「さあ、十和さん逃げて。僕が——」

空を切る音が鋭く鳴った。

男の手元に何かが激しく当たる。不意を衝かれた彼の手から短銃が弾かれた。吹っ飛んだ銃が絨毯の上で跳ね、人々の真ん中で止まる。すかさずもう一つ飛んできたものが、今度は男の横っ面に食い込んだ。手元に飛んで転がったそれを見て、幹子は目を瞠った。

革靴？

「離れろ数士さん！　その十和は偽者だ！」

強い風が吹いた。なぜか、幹子はそう思った。

淡い月光を背に、薄暗いサロンの中に一陣の風が吹き込んでくる。

檜垣永人だった。

*

裸足のまま駆け込んだ永人は男の目の前に立った。

「偽の十和と交代させて、本物の人質を取ろうってぇ腹か。富裕層の人間を人質にすれば、なんだかんだと便利だからな」

それから、男のそばに立つワンピース姿の女を見た。

「あんた、十和さんについてた女中だろ。あんたと十和さんは体型もよく似ているし、何よりその印象的な洋装だ。この薄暗がりの中、しかもこんな非常事態じゃあ、別人だとはとっさに気付かねえかもな」

数士の部屋の窓から二人を見下ろした時に覚えた違和感は、まずは歩く順番だった。

通常は主が先、使用人が後を歩く。しかし出てきた二人は女中が先、十和が後だった。もちろん、暗がりの中を行くのだから、女中が先を歩いていたとも考えられる。しかし永人が見た十和は風呂敷包みを持っていた。主が荷物を持つというのは考えられない。つまり、あの二人は着ているものを取り換えた十和と女中だったのだ。丈の長い前開きのワンピースの中に、十和は初めから女中用の和服を着ていたのかもしれない。女中も和服の上にワンピースを着て、二人は入れ替わった。

　また、もう一つ気付いた違和感は髪だ。上から見た時、部屋の明かりに照らされた髪筋がよく見えた。先を歩く女中の束髪は、鏝《こて》を細かく当てたみたいにうねっていたのだ。あれは三つ編みをほどいた跡だ。ワンピース姿の十和がしていた髪型だ。

　数士がぽかんと口を開ける。偽の十和はすでに装うことをやめ、挑戦的な顔つきで永人を睨み返していた。

「に、偽者……？　じゃあ、本物の十和さんは」

「分かりません。ですが、こいつらに拉致された状態で庭にいるんじゃねえかと思います」

　ぎりぎりと目を細めた男を振り返った。

「警察が来るぜ！」

　永人の言葉に、全員がはっと息を吞む。

「今、黒ノ井先輩と琴音お嬢さんが呼びに行っている。駐車場には皆さんの家の車がずらりとそろっているからな。すぐに逃げねえと捕まるぜ？……白首《しろくび》」

　名を呼ばれた男が、目元をぴりぴりとひくつかせた。

「庭師に扮してこの家に潜入してたんだろ。それだけじゃねえ。二階の書斎にもあんたのお仲間がいるよな？　面をかぶってた」

　現れた蒼太郎は本物ではない。

あれは浅草の腕利きの人形師が作った面だ。蒼太郎の面差しにそっくりのあの面を持つのは、東堂ともう一人しかいない。

政治結社『赤い砂漠』のもと構成員、白首だ。思想と無関係に暴力を振るうために結社から放逐され、その後は徒党を組んで盗みや殺人を犯す大悪党である。ひょんなことから蒼太郎の面を入手した彼は、『偽・夜光仮面』騒動の時にもあの面を悪用したのだ。

目をすがめた白首が、にやりと唇を歪ませて笑った。

「なるほどな。覚えがあると思ったら……テメエ、千手學園のなまっちろいのと一緒にいたな」

「逃げねえのか白首さんよ。捕まるぜ？　あん時も、仲間を置いてさっさと一人だけトンズラしただろうがよ」

女中二人がかすかに躊躇した。永人は十和に扮した女中をちらりと見遣る。

「どんな因果で組んでんのか知らねえが、こいつはそういうヤツよ。いざとなりゃ、あんたらあっさりと見捨てられるぜ？」

「ガキの言うことに耳を貸してんじゃねえ！」

白首が唾を散らして叫んだ。偽・十和に怯える表情がよぎる。

サロンの隅に立つ女中が永人のほうへ銃口を向けた。とっさに永人は叫んだ。

「引き返せねえぞ！」

女中の目が見開かれる。

「誰かを撃ったら一線を超える！　あんた二度と引き返せねえ！」

「黙れガキ！」

周囲を蹴散らし、白首が突進してきた。悲鳴が交錯する。反射的に身構える間もなく、男はへたり込む客らの中に乱入し、一人の人物を無理に引き起こした。永人は息を呑む。

詩子！

怯える詩子の首に荒々しく腕を回し、強引に引きずる。女中二人もついてきた。

「こちらさんの資料をいただくついでに、若い娘も何人かひっさらおうと思ったんだけどよ……どうやら全員は無理みてぇだ。だからこの女をもらってくぜ。最初っから、ちょいと目を付けていたんだ」

「う、う、詩子ぉ」

腰の抜けた八重子がうめく。それでも震える手を伸ばし、賊にすがり付こうとした。そんな彼女を蹴り飛ばし、白首は叫んだ。

「来るなよ？　よけいな手出ししやがったら、この女の首ポッキリいくぜ」

愕然と見開いた目で、詩子が永人を見つめた。その首に巻かれた白首の腕の筋肉が盛り上がる。とたん「ぐっ」とくぐもった声を出し、詩子が白目を剝いた。

「よせ——」

る。

「詩子ぉお」

その時だ。

地響きのようなうなりが聞こえてきた。えっ。永人も白首も、その音に一瞬気を取られる。

木立の間から光が射した。芝生を蹴散らして一台の車が飛び込んでくる。檜垣家の車だ。

「先輩！」

横滑りするようにして急停車した車の助手席から黒ノ井が飛び降りる。続いて手島が長い棒を手に現れた。姿勢を低くしたまま白首に駆け寄ると、その棒で頸部を横殴りにする。あまりの速さに棒の姿が見えない。間一髪、直撃を免れた白首の腕から詩子が頽《くずお》れる。

永人はすかさず彼女に駆け寄り、背後にかばった。

手島の携える棒が、右に左に、目にも止まらぬ速さで繰り出される。その動きはしなやかで、まるで彼自身の腕が伸び縮みしているかのようだ。白首はどうにかその攻撃を避けていたが、やがて左の鎖骨を激しく衝かれた。衝撃によろめいた白首の首に、手島がすかさず棒を叩き入れる。白首はがくりと膝を落とし、そのまま地面に倒れ伏してしまった。

ほんの数秒の出来事だった。唖然としていた女中が震える銃口を手島に向ける。が、手島はまったく表情を変えぬまま、やはり棒先で短銃を叩き落とした。同じように首筋に一撃を入れて失神させる。倒れた彼女の手から、金品の詰まった袋が落ちた。

「強い」

心底感服した声で黒ノ井がうなった。それからサロンに入り、周囲を見た。

「皆さん、大丈夫ですか？　今、警察が――」

言いかけた黒ノ井が言葉を呑む。うずくまる父のそばに駆け寄った。

「父さん？　まさか撃たれたのか？」

永人も息を呑んだ。黒ノ井剛喜の左肩が血に染まっている。豪胆な顔が青白い。白首に気を取られて、黒ノ井の父親が撃たれていたとは気付かなかった。

「騒ぐな。これくらいなんでもない」

そうは言うものの、声音には力がない。それでも剛喜は背筋を伸ばし、周囲を見回した。

「賊の言う通り。私は鉄とともに生まれ、鉄とともに生きている男です。短銃の弾が私に当たるのは道理！　何しろ我々は一心同体ですから！」

豪快に笑う。強がりか鼓舞か、それでも永人は感心した。この肝の据わり方。大したもんだぜ。

「警察とともに、お医者さまも呼ぶよう他家の運転手にお願いしておきました。すぐに駆け付けるはずです。今しばらくのご辛抱を」

剛喜のそばに跪《ひざまず》いた手島が傷口を検《あらた》め、手拭いをさらにきつく縛り直す。ホッと安堵した空気がサロンに流れた。永人をちらりと見た手島が「琴音お嬢様は駐車場でもう一人の運転手とともにおります」と言った。良かった。永人が安心した時だ。

「あっ」入り口のほうを見た庭場子爵が悲鳴を上げた。見ると、先ほどまでピアノを弾いていた男が扉の陰に立っている。その手には短銃が光っていた。

「こ、こいつも賊の一味です！」

一野坂貞三が怒鳴った。サロンの状況を見て形勢不利と取ったのか、男が後ずさる。とたん、「影人！」とするゑが叫んだ。

「お父様の仇を！」

そう言うと、床に落ちていた剛喜のステッキを息子の黒ノ井目がけて放った。すかさず受け止めた黒ノ井が、ステッキの握り部分と杖軸を摑み、一閃薙《な》ぐような動きで杖軸を払い捨てる。そして男を追いかけてサロンから飛び出した。永人も驚き呆れつつ、その後を追った。あのステッキ、中に刀が仕込まれていたのか！

廊下に出ると、もつれる足取りで逃げようとしていた男が、黒ノ井目がけて短銃を向けているところだった。黒ノ井は勢いよく相手の眼前に踏み込み、男の手首を刀で払った。短銃が飛ぶ。「ひえっ」と叫ぶ男の胴に刀身を横殴りに食い込ませると、衝撃に唾を散らした相手のみぞおちに間髪入れず真正面から刀を突き入れた。どう、と音を立て、男が廊下に倒れ伏す。

「ご安心なさい。峰打ちです。遠坂様のお宅を賊の血で汚すわけにはまいりませんから」

この光景をぽかんと眺めていた永人の背後で声が上がる。振り向くと、するゑがしゃっきりと背筋を伸ばした姿で廊下に立っていた。

「ですが、わたくしの大切な夫に傷を付けた報いはきっちり受けていただきます。致命傷には至らぬでしょうが、しばらくは影人に打たれた箇所がキリキリと痛むはず。牢の中でその痛みを思う存分嚙み締めなさい」

黒ノ井が男の上着を脱がせ、袖部分で器用に後ろ手に縛り上げた。するゑがひと仕事を終えた息子を見る。

「警察とお医者様はすぐに来るのね？　影人」

「ええ。後はどこかに捕らわれていると思われる使用人たちを捜さないと」

「よくやりました」と頷きながら、するゑが永人に視線を寄越した。つい、永人までも背筋を伸ばしてしまう。黒ノ井が口を挟んだ。

「賊を一網打尽にできたのは檜垣君のおかげですよ。彼が異変に気付いてくれたから、警察や医者を呼びに行けた」

「檜垣様。あなたは黒ノ井剛喜、いいえ、ここにいる全員の命の恩人です。改めて感謝申し上げます」

深々と頭を下げられる。永人は飛び上がりそうになった。

「よ、よしてください。それより使用人の皆さんを捜して、十和さんも見つけねえと」

「そうだ。一野坂家の令嬢の姿が見えないんだったな」

と、廊下の向こうの大ホールに遠坂数明、将明兄弟が呆気に取られて立っているのが見えた。「な、何があったのです?」数明がおぼつかない口調でうめく。

「とりあえず賊の頭領は捕らえました。警察も医者も来ます。僕たちは手分けして、捕らえられている人たちを捜しましょう」

黒ノ井の答えを聞いて、「警察っ」と将明が青ざめた。

中に入ると、全員が呆然とその場に座り込んでいた。呆れたことに、この期に及んでも自分から動こうという気がないらしい。永人はふと、黒ノ井が気絶した男から回収した短銃を見た。

そういえば、白首が落とした短銃はどこだ?

薄暗がりの中、周囲を見回す。「どうした?」と黒ノ井が訊いてきた。

「そういや、白首が持ってた短銃はどこかなあって――」

その時だ。

「危ない影人様! その女も仲間です!」

悲鳴のような声が薄闇をつんざいた。

とたん、目の覚めるような乾いた破裂音とともに、小さい火花が瞬いた。

目の前で繰り広げられたのは、大仰な芝居、活動写真、もしくは冒険小説のようだった。一陣の風のように現れた檜垣永人、そして車で颯爽と（そう、颯爽と！　なんて素敵なの！）現れた影人、もう一人の男性があっという間に賊を倒してしまった。恐ろしい賊の男女は捕らえられた。

警察もお医者様も来てくれる。影人の父、剛喜の怪我も、予断は許さないであろうが命には別状なさそうだ。良かった。本当に良かった。幹子は両親と改めて安堵の笑みを交わし合った。サロンの隅では、一野坂夫妻が娘のワンピースを着ている女中に詰め寄っていた。

「と、十和はどこだっ？　貴様、娘の居場所を言え！」

「賊と仲間だったのね？　な、なんて汚らわしい！　この、この！」

一野坂滝子が激情に任せ、握りしめたハンケチで女中をビシビシと打つ。が、幹子から見ても女中はまったく堪えていない。それどころか、詰め寄られれば詰め寄られるほど、彼女は固く口を閉ざした。

その姿は、先ほどの短銃を持っていた女中と同じく憎悪に満ちていた。何が彼女を、あ

＊

んなにも頑なに、そして恐ろしい人間にしてしまったのか。どうしてそんなに私たちを憎むのか？　幹子には分からなかった。

夫妻の間から、青い色のガラスボタンが見える。あ。唐突に幹子は思い当たった。

先ほど、庭からサロンに入ってきたのはあの女中だ。鏡に映った青い色。あれはあのガラスボタンの色だったのだ。十和の振りをして、賊の人質になったよう見せかけるためだ。

……だけど。幹子はまた首を傾げた。

どうやってあの恐ろしい男は現れたのだろう？　まるで降って湧いたかのように、一瞬のうちに自分たちの目の前に立っていた。

「この！」

とうとう、業を煮やした貞三が女中の頭を拳固で殴った。ひっと幹子はうめいた。男性が女性に暴力を振るうところなど、見たことがない。いくら娘が心配とはいえ、やり過ぎなのではないか。周囲を見ると、同じ表情で貞三を見つめている。が、誰も仲裁に立たない。当然だと思っている節もあった。あの娘は悪い人間だ。

だから罰せられて当然なのだ――

女中ががくりとうずくまる。藍色のワンピースの裾が空気をはらんでふわりと広がり、柔らかい蓋のような形を作っていた。その形を見た幹子はハッとした。

スカート。蓋――

刀が仕込んであった杖を手に、サロンを飛び出した影人たちが戻ってきた。檜垣永人が「短銃は」と言って周囲を見ている。短銃。幹子は思わずそれが落ちたほうを見た。

そして息を呑む。

あの女が落ちた短銃を手にしている。それを入ってきた影人たちに向け――

「危ない影人様！　その女も仲間です！」

その瞬間、耳をつんざく発砲音が破裂した。

＊

「うおっ？」

とっさに身を伏せた。パンと破裂したような音を立てて壁に穴が開く。

オペラ歌手の女だ。銃口をこちらに向けたまま、にやりと笑う。

「おや。避けるとは運がいいね」

肚の据わった低い声だ。マズい。永人は直感した。こういう声を出す人間は、往々にして何をするか分からない。

黒ノ井が男の所持していた短銃を向ける。が、すぐに顔をしかめた。「気付いた？」女がカラカラと笑う。

「あのピアノ弾きと女中の短銃には弾が入っていないのさ。ハッ、あいつら、重さで弾倉が空だと気付かないド素人なんだよ。銃なんか、おいそれと渡せるかい」

仲間だというのに、彼ら、彼女らを白首は信用していなかったということか。もしくは、最初から切り捨てるつもりだった。

「動くんじゃないよ！」

そう怒鳴ると、女は長いスカートをたくし上げて客の中を突っ切った。悲鳴を上げて人々が左右に分かれる。庭に飛び出ると、号砲一発、天に向かって発砲してから倒れている白首を蹴った。

「起きな！　まったく情けないったらないよ。あんたはいつだって詰めが甘いんだ」

けれど白首は目覚めない。チッと舌打ちした女が銃口をこちらに向けつつ、片手でずるずると男を引きずった。

「テメエじゃ扉の開け閉めすらしない、なんでもかんでも使用人頼みの連中ばかりだって言うから話に乗ったのにさ……冗談じゃないよ！　とんでもない鉄砲玉が紛れていたじゃないのさ。おかげでアタシまで捕まっちまうところだよ！」

木立の奥から、またも機械がうなる音が聞こえてきた。車？　永人は身構える。

檜垣の家の車と同様、芝を蹴散らして一台の乗用車が滑り込んできた。手島と同じく、背広姿の男が運転している。助手席のドアが開きっぱなしだ。「私の車！」将明が悲鳴を上げた。

　女は開いている助手席に、倒れた白首をむんずと両手で掴み上げて放り込んだ。女性とは思えない怪力だ。両手がふさがったタイミングで手島が飛び出すが、すぐに銃口を向けられてしまう。

「まだ何発か残ってる。どこに当たるか分かんないよ？　あんた、ここにいる連中を危険にさらす勇気はあるのかい？」

　そう叫ぶと自分も助手席に飛び込んだ。下半身を扉からぶら下げた状態の白首の上にどっかりと座る。そのまま車は庭を横切り、正門方面へと猛烈な勢いで走り去ってしまった。

「さっきの発砲、仲間に知らせる合図だったのか」

「わ、私の車が」

　走り去った車を呆然と見送った将明が、その場にへたり込んだ。永人も庭に飛び出した。黒ノ井に手島、そして数士も続く。しかしすでに遅い。車の気配は瞬く間に庭から消えてしまった。「くそっ」黒ノ井がうめいた。

「仕方ない。連中の追跡は警察に任せよう。それより、使用人や十和さんを見つけないと。檜垣、さっき俺に話したことを二人にも」

　そこで数士の部屋の窓から、あの二人が出てきたところを目撃したことを話した。二人が服を交換していたと言うと、黒ノ井は首を傾げた。

「なんで服を交換したりしたんだ？　まさか令嬢も賊の一味ってことは」

「まっ、まさか！」

顔色を変えた数士が大声を上げる。その必死の顔を、全員で思わず見つめてしまう。三人の男に囲まれた形の数士は、うろたえながらも答えた。

「じ、実は……今夜、僕たちは駆け落ちするつもりでした」

駆け落ち。とっさに蒼太郎のことを思い出し、永人は顔をしかめてしまう。

「少し前から、僕たちはひそかに将来を誓い合う仲になっていました。けれど……父は松《まつ》澤《ざわ》伯爵の令嬢との結婚を強引に進めていて。今日の晩餐の後、発表すると一方的に決めてしまったのです。それを聞いた十和さんは二人で逃げようと言ってくれました」

どこまでも現実味のない、ままごとめいた話ではあるが、二人は真剣そのものだったのであろう。黒ノ井も永人と同じく苦い顔をしている。

「だから今日、まずは晩餐が始まる前に祠の前で落ち合って、どのタイミングで待ち合わせるか決めるつもりでした。ですが、やってきたのは十和さんではなく女中で」

自分と黒ノ井が目撃した場面か。あの時、数士は女中ではなく十和と会うつもりだったのだ。

「女中が十和さんからの伝言を……〝やはり私はあなたとは一緒に行けません。どうか私のことは忘れてください〟」

その言葉を言われた瞬間の数士の表情を思い出した。驚き、呆然とし――

どこか安堵もしていた。

「ひどく衝撃でした。彼女に見捨てられたと思いました。けれど同時に……良かったと思ったのも事実です」

またあの寂しげな笑みを浮かべる。

「僕は彼女と逃げたい、自由になりたいと願いながら、その自由が果たして本当に自分が求めているものなのかと……恐ろしくも思っていたのです。遠坂の家を離れてやっていけるのかと。十和さんは、そんな僕の軟弱な心を見抜いたのでしょう。だから今日になって、僕とは一緒に行けないと告げたのだと思います」

ん？　永人は首をひねった。

「いや、だけど駆け落ちするつもりがないのなら、女中の振りなんかしますかね。あれは一野坂の家から準備してきていると思いますよ。手間がかかってる。今日あのワンピースを着たのも、下に女中の恰好ができて、かつ脱ぎ着しやすいからじゃねえですか」

「それもありますが、目立つというのも考慮したのでは。夜、あのワンピースを着た女中をなるべく暗いところにいるよう指示しておけば、短時間でも自分の身代わりになると考えて」

手島の言葉に、「なるほど」と黒ノ井がぱちりと指を鳴らした。

「その計画が賊に利用されたわけだ。十和さんはあくまで、数士さんと駆け落ちするつもりで庭に出てきた。女中姿に扮して。だけど賊と通じていた女中に捕らわれて」

数士が目を見開く。「では」とうめいた。

「十和さんはどこに」

「この敷地内にいると思います。捜しましょう」

そう言って頷きながら、永人は続けた。

「ただ、これで賊は全員なんですかね？　逃げた白首とオペラ歌手、ピアノ弾き、庭で伸びてる下働き、同じく気絶している遠坂家の女中、一野坂家の女中……」

「ん？」と黒ノ井が記憶を辿るような顔をして宙を見上げた。

「数士さんが言っていたのは、庭師、下働き、それと……遠坂家の女中が二人じゃありませんでしたか？」

「そうです。同時期に、その四人が」

「じゃあ、賊の仲間は遠坂家の女中がもう一人残ってる？　あ」

書斎で蒼太郎の面をかぶっていた人物。あれか？

「もしかして、全員が下にいるタイミングで、その残る女中が資料を捜していたのかもしれませんね。その現場を俺と黒ノ井先輩は目撃した」

「でも今現在、書斎にいたのは数明さんと将明さん、ピアノ弾きですよね。三人はサロンの騒動に驚いて下りてきた。なぜ、あの三人が書斎に行くことになったんです？」

「演奏の途中、突然明かりが消えたのです。そして次に点いた時には、あの男が我々の目の前に立っていて。男は遠坂重機の資料をすべて渡すよう要求してきました。黒ノ井さんが撃たれたことで、これ以上危険を及ぼすことはできないと、父は叔父とともに書斎へ」

数士が目を伏せる。父の撃たれた瞬間を思い浮かべたのか、黒ノ井はかすかに眉間にしわを寄せた。

「本当にその女中が賊の仲間だとしたら、まだ書斎に隠れてる？　それとも邸内に潜伏している？」

しかも蒼太郎の面を持っているかもしれない。おそらく、攪乱目的と顔を隠すため、白首があの面を使わせていたのであろう。

黒ノ井が全員を見回す。

「数士さんと俺で邸内を捜しましょう。使用人の顔は数士さんでないと分からない。檜垣と手島さんは十和さんを」

永人はちらりと黒ノ井を見た。察した彼が小さく頷く。

先日の『夜光仮面』騒動の際に、白首から奪い損ねた蒼太郎の面。やはりこうして犯罪に使われてしまっている。マズい。あの面、どうあっても見つけて回収しなければ。

黒ノ井と数士、手島と永人の二手に分かれる。投げた革靴を履き直した永人は十和の行方を知っているはずの一野坂家の女中のもとに駆け寄った。夫妻に詰《なじ》られつつも、依然口を閉ざしている。

永人の目の前で、貞三が女中の頭に拳固を振るった。「おい！」永人は割り入った。

「どけ！　どかないか貴様、妾の子供が！」

貞三が間に入った永人のこめかみや肩をボコボコ殴る。が、暴力に慣れていないのか、その威力はうるさい蚊くらいのものだ。滝子が涙声で叫んだ。

「そ、そうよ！　妾の子を宅の十和にあてがおうなんて……バカにしてる！」

めんどくせえなあ。うんざりした気持ちでいると、貞三の拳がぴたりと止まった。手島に手首を摑まれたのだ。

「一野坂様。ご心痛、お察しいたします。我々も全力を挙げてお嬢様をお捜しいたしますので、どうかここはこらえてはいただけませんでしょうか」

摑んでいる手以外は腰の低い使用人の姿そのものだ。貞三の顔から力が抜ける。一気に疲れきった、老け込んだ顔になった。

「は、早く見つけてくれ……十和は私の宝なのだ」

力ない言葉は、それでも真実に聞こえた。滝子の嗚咽が低く響く。

藍色のワンピース姿の女中を立ち上がらせた。よろめく彼女を真ん中に、永人は手島とともに歩き出した。

木立に入った永人は女中を振り向いた。

「庭のどこかだよな。あの短時間で拉致して外に出したとは考えにくい」

しかし女中はむっつりと押し黙ったまま口を開かない。

「教えてくんねえかな。十和さんをどこへやった？」

「……」

「あんた……なんで白首なんかと手を組んだ？」

突然、ふんと女中が笑った。嘲る声音で言う。

「とっくに連れ出されているわ」

「え？」

「外国に売り飛ばすんですって。東洋人の女の子は肌がきれいで大人しいから人気があるんだって言ってたわ」

さっと血の気が引いた。嫌な記憶が甦る。

売り飛ばす。女の子――

顔色を変えた永人に気付かず、女中はさらに言葉を重ねた。

「身分の高いお嬢様ならなおさら高値が――」

言葉が続かない。手島に喉元を押さえられ、木に叩き付けられたからだ。女中の喉から「ぐえっ」と奇妙な音が出る。永人は思わず手島の腕を摑んだ。

「手島さん!」

「それは本当か? 令嬢が連れ去られたというのは」

まったく表情を変えずに手島が質す。片手だというのに、手島の手指は女中の喉を捕えてガッチリと食い込んでいる。女中の顔がみるみる青黒くなった。

「いけねえ手島さん、やり過ぎだ!」

「一刻を争う。連れ去ったのが真実ならば賊の名前を言え。言わねば殺す」

「し、知ら、知らな」

「賊の名前を知らないのなら、殺す」

「いっ」

「情報がないのなら、貴様は無価値だ。殺す」

女中の目からぼろぼろと涙がこぼれ落ちた。「手島さん!」永人は怒鳴った。

手島の怒号が、木立の間にビリビリと響き渡った。

「言え! 連れ去ったというのは真実か?」

「嘘だよ! 庭にいる、まだ庭にいるよ!」

とたん、どすんと女中の身体が地に落ちた。ゲッ、ゲッと潰れたような音を立て、女中が呟き込む。永人はあわててその背中をさすった。

「令嬢はどこだ。立て。連れていけ」

女中の全身が強張ったのが分かった。怯えている。そんな彼女の腕を、手島が構わず摑んで引きずり上げた。永人は苦い思いで彼を見た。

「庭にいるって分かったんだ。もうちょっとだけ待ってやってくれよ。怖がってんじゃねえか」

「いいえ。ご令嬢を一刻も早く救うことが最優先です」

「そりゃそうだけどよ！」

「これが我々の仕事なのです。対価をいただいている限りは、主の皆様、そして主にとって利害関係にある皆様の安全を最優先する」

利害関係。人がモノのような――

「……だけどよ。ありゃいけねえぜ。手島さん」

無表情な手島の目元が、ひくりと動いた。

「無価値とか。あんなの、人に言っちゃいけねえ言葉だよ。俺ぁ、手島さんが好きだからよ。あんたといると、檜垣の家でホッとできる。だから……いくらお足をいただいているからって、人を人とも思わねえ、そんな俺の父親みてぇなことは言わねえでくれよ」

手島がかすかに目を見開いた。しばし永人を見つめてから、小さくつぶやいた。

「……いいえ。一郎太様と永人様はよく似ていらっしゃいます」

ハア？　思い切り顔を歪めた。けれど手島はすぐにきびすを返し、よろめく女中を引きずって歩き出してしまった。

一野坂十和は祠の周囲の植込みの陰に置いてあった手押し車の上にいた。琴音と同じく麻の袋に入れられ、剪定《せんてい》した木々の枝葉のように偽装されていた。こうすることで、白首はかどわかした令嬢とともに、庭師の顔で遠坂家を出る算段だったのであろう。

怯える女中から聞き出したところによると、ひと月ほど前に十和のお付きで街に買い物に出た際に、大柄な女に声をかけられた。例のオペラ歌手だ。休みの日に誘い出され、今回の計画を持ちかけられたという。

遠坂家で催される晩餐会を襲撃する。集う金持ち連中の金品、令嬢らを根こそぎいただく。それには一野坂家にも内通者が必要だ。そう持ちかけられたのだ。

「そうしたらお嬢様が……遠坂家の長男坊と駆け落ちするって言い出して。あたしにも協力しろって言うから。ペギーさんにそれを伝えたら、今日の計画が」

あのオペラ歌手は通称ペギーと呼ばれているらしい。

十和は邸を抜け出すタイミングを打ち合わせるために、晩餐前に祠の前で数士と待ち合わせをしていた。そこを女中は自分が代わりに行くと申し出た。なるべく二人は一緒にいないほうがいいと言うと、十和はあっさりと納得した。そこで祠に向かった女中は数士に嘘をつき、十和が駆け落ちを断念したと思い込ませた。対して、十和には「数士様は晩餐後、オペラ歌手が演奏を始める前に祠の前で待ち合わせようと言っていました」と嘘をついた。こうして数士を排除し、駆け落ちするつもりの十和を庭におびき出すことに成功したのだ。

女中に自分のワンピースを着せ、目立っていた髪型を簡素な束髪に変えた十和は女中とともに待ち合わせの祠の前に向かった。けれどここで女中に頭を殴られ、さらには首を絞めて気絶させられた。女中は祠の裏手に置いてある手押し車の中の麻の袋を十和にかぶせ、手押し車に乗せた。そしてサロンに戻ったのだ。

「お嬢様をかどわかしたら、ワンピースを着たままサロンに来るよう指示されていたの。ペギーさんに、今回の襲撃で一番欲しいものが見つからなかった場合、お嬢様の振りをして人質になるよう言われていたから。電気が完全に消えたら、暗闇に乗じてペギーさんのまん前に行けって」

「それで十和さんを人質に取られたと思って、数明さんと将明さんが書斎に……ピアノ弾きの男はその監視役ってところか」

一番欲しいもの。永人は考えた。書斎。もしや、それは武器の設計図か。

「遠坂邸内には賊と通じている者がどのくらいいる？」

手島の鋭い声に、女中は身を強張らせながらも答えた。

「あ、あたしはよく知らない……ただ、遠坂の家族にも協力者がいるって」

思わず手島と顔を見合わせた。

協力者。

「それって、もしかして——」

その時、邸と庭が一気に騒がしくなった。正門のほうから、複数の警察官たちがなだれ込んできたのだ。手島が永人を振り返った。

「永人様はご令嬢のそばに。私はこの女を引き渡してきます」

そう言うと女中の手首を掴み、連行しようとした。女中が彼の手首に爪を立てて抵抗する。

「いや……！　後生だよ、警察はよしてよ！　あたしは言われた通りやっただけなんだ、賊のことなんか何も知らないし関わりもない！」

けれど手島はまったく意に介さず彼女を引きずる。女中が永人を振り向いた。

「お願い！　見逃がして、故郷《くに》には病気の両親がいるの！　金が要るのよ、だから……あ、あんた、この人の主なんでしょ？　あんたから命令してよ！」

悲痛な声だった。永人は一瞬ためらう。が、すぐに答えた。

「いいや。あんたがやったことは立派な犯罪だよ。もしもあのままだったら、お嬢さんたちはかどわかされちまうところだった。あんた……彼女たちがどういうところに売られるか、想像したことあるか？」

浅草の歌劇団、『乙女座』の少女たちを襲った悲劇を思い出す。乃絵の涙。あんな想いは、誰にもさせちゃならない。

「それに、賊の手なんかに渡っちゃならねえ重大な資料が奪われちまうところだった。あんたはその片棒を担いだんだ。それはなかったことにはならねえよ」

女中が目を見開く。憤怒に、その顔が赤くなった。憎悪に満ちた目で永人を睨んで吐き捨てた。

「ハッ！　なんだい、結局あんたもいい家に入りゃあお大尽風を吹かすのかい。外腹《そとばら》風情が出世したもんさ！」

「……」

「覚えてなよ！　絶対許さない。一生恨んでやる！」

女中のわめく声が木立の中に遠くなる。永人はため息をついた。

病気。貧困。金。犯罪。恨み――

「苦《にげ》ぇなあ。色々。生きるってぇのはよ」

手島と女中の消えた気配と入れ替わりに、人の足音が近付いてきた。黒ノ井と数士だ。

数士は手押し車の上に横たえられている十和を見て駆け寄った。

「十和さん！　十和さん」

「大丈夫。気絶しているだけです。邸に連れて帰って、水でも飲ませれば」

「ありがとうございます！　永人さん、本当に……今夜あなたがいてくれなければ、我々はどうなっていたことか」

続いて家令の津田が二人の男性を連れて現れた。白衣の恰好からして料理人であろう。

黒ノ井曰く、津田や女中頭の戸田、料理人と女中らは、晩餐後に白首の一味に捕縛され、今の今まで厨房の床に転がされていたという。琴音と一緒にいた伊山も、一階の厠《かわや》の横手にある用具室から縛られた状態で発見された。

「晩餐後のサロンでお召し上がりになるお酒や茶菓類を準備していたところ……突然あの庭師や下働きの男が乱入してきて。あっという間でした」

「女中も何人か加担していたようです。一人は庭で気絶していますけど……もう一人いると思うんですよ。そいつが、最初は書斎に侵入していたのではと」

「だけどあの混乱だ。とっくに単独で逃げているかもしれない」

あり得る。黒ノ井の言葉に、永人は苦い思いで頷いた。だとしたら、蒼太郎の面を持ったまま逃げた可能性が大きい。

津田の音頭で料理人二人が手押し車を押し、十和は邸に運ばれていった。数士も付き添って戻っていく。残った黒ノ井が永人の顔を覗き込んだ。

「どうした。顔が暗いぞ。今日の事件解決の立役者だろうよ。少年探偵」

「別に探偵じゃねえですけどね。まあ人生色々で……あ」

一野坂家の女中が言っていたことを思い出した。

「そういや……遠坂の家にも白首の協力者がいるらしいですよ」

「ええ？」黒ノ井が顔をしかめた。が、すぐに納得したように頷く。

「まあそうだろうな。辞めた女中や庭師は、もしかしたら白首たちに怪我させられたとか、金で懐柔されたとかかもしれないが、遠坂家に協力者がいなければ勤めることは難しい」

「今日の晩餐に、オペラ歌手のペギーを呼ぶこともね」

顔を見合わせた。同時に頷く。

協力者は遠坂将明だ。

歌手の歌を聴くよう引き留めたのは、書斎で賊が家探ししていることを知っていたせいだ。なるべく人を近付けさせたくないと考えていたのだろう。家令の津田の代わりに永人たちを呼びに来たのは、彼が拉致されていると分かっていたから。

二人は邸を目指して踏み出した。

「目的はなんですかね」

「やはり武器の設計図じゃないか？　今の情勢では、喉から手が出るほど欲しい企業もごまんとあるだろう。多額の報酬を払うと持ちかけられたら」

「企業ならまだいいんですけどね……将明さんが騙されてないといいんですが」

「え？」黒ノ井が眉をひそめる。

「どういうことだ？」

「白首は、どこそこの会社が高値で買い取りたがっていますよ、あなたのことも重役として迎えると言ってますよとかって彼を唆《そそのか》したかもしれねえですが……もしかしたら、白首自身が設計図を欲しがっていたのかもしれない」

「ええ？　だけど、あんなもの一朝一夕に造れる代物じゃないぞ」

「もちろん。だから組織的な犯行なんじゃねえかって。そしてその組織は……国を守るために武器を造るんじゃない。むしろ逆なんじゃ」

ぶるりと黒ノ井が震え上がった。

「怖いこと言うなよ」

「可能性もあるってことですよ。とにかく将明さんに話を聞きましょう。もしかしたら、女中の行方も知っているかもしれねえ」

邸に戻ると、運び込まれた十和を一野坂夫妻と数士が囲んでいた。警察とともに到着していた医師は、まずは黒ノ井剛喜を診ている。応急処置をした後、「一刻も早く弾の摘出を」と車ですぐに病院に向かうよう指示した。

剛喜が、戻ってきた息子を見る。

「賊は全員捕らえたのか？」

「いいえ。まだ一人……いや、正確には二人います」

もう一人の女中と遠坂将明のことだ。剛喜が静かに頷く。大怪我を負っているというのに、力強い声を響かせて言った。

「ではお前はここに残りなさい。賊を全員捕らえるまでは家に戻ってくるな。それと、檜垣永人君」

唐突に永人の名を呼ぶ。「はいっ」とまたも背筋を伸ばしてしまった。

「君のことは影人から聞いている。今度、黒ノ井の家に遊びに来なさい。君の今日の活躍、非常に感じ入った。ぜひ話がしたい」

傍らで夫を支えているするゑも大きく頷いた。

そして、女中とするゑに支えられ、剛喜は遠坂家の庭を歩いて裏手にある駐車場へと去っていった。「一刻も早く賊を捜せ」と父に言われた黒ノ井は、そんな両親の姿を黙って見送った。

「肚の据わったお人ですね。あんな人が父親だなんて……先輩が羨ましいや」

つい、本音がこぼれ出る。そんな永人を黒ノ井がまじまじと見た。

「な、なんですか。人の顔をじろじろ見ないでくださいよ」

「いや。俺に向かって親父を褒める人間なんて掃いて捨てるほどいるんだよ。それこそ黒ノ井の家のご機嫌伺いでな。だけど……褒められて嬉しい相手もたまにいる。今までにも二人いた。今日、檜垣が三人目になったなと思って」

「へえ。そりゃ光栄ですね。ほかの二人ってのは誰です？」

「広哉と蒼太郎」

さらりと出たその名に、声を吞んだ。黒ノ井は言葉を返せずにいる永人に背を向けると、肩越しに振り向いた。

「行こうぜ。賊を見つけないと、俺は家に戻れない。手伝ってくれるだろ？　可愛い後輩」


サロンでは女中頭の戸田が奪われた金品をもとの持ち主に返しているところだった。庭場幹子が何か小さいものを戸田から渡されている。永人は彼女のそばに歩み寄った。

「あっ、檜垣様、かっ影人様っ」

永人の背後にいる黒ノ井を見て、幹子がとたんにソワソワし始める。永人は苦笑しつつ彼女に語りかけた。

「さっきはありがとうございました。お嬢さん」

「えっ？」

「お嬢さんが『危ない』って叫んでくれたから、間一髪あのオペラ歌手の弾を避けることができたんですよ」

「まあ」と幹子が頬を両手で押さえた。

「それでは、わ、私、少しはお役に立ったのですね」

「少しどころじゃねえですよ。お嬢さんは俺たちの命の恩人だ。だけど不思議なんです。どうしてお嬢さんは、あのオペラ歌手が賊の仲間だって分かったんですか？」

幹子の顔が真っ赤になった。今度は「恥ずかしい」「はしたなくて」「穴があったら」ともじもじし始めた。なかなか本題に入ってくれないので、とうとう永人は黒ノ井を小突いた。

「先輩も聞きたいですよね？　幹子お嬢さんの名推理！」

「あ？　いや特に、いてっ」

陰で足を踏んだ。永人の視線に気付いた黒ノ井が、不承不承というように続ける。

「いやあ僕も気付いたわけを聞きたいなあ幹子さん」

たちまち幹子が顔を輝かせた。「はいっ」と声を高くして話し出す。

「あのおっかない賊の男が突然現れたように見えて不思議だったのですけど、幹子は気付いたのです。歌手の床まで引きずっている長いスカートを、蓋のように使っていたのではと」

「蓋？」永人と黒ノ井は同時に声を上げた。

「はい。あの長くてふくらんだスカートの中に男が隠れていたのではないかと考えました。で、何らかの合図で外に飛び出す」

「合図」

そう繰り返した黒ノ井を見て、「実は」と幹子は声を潜めた。

「実は……演奏中、賊の一味の女中が妙な動きをしていたのを見たのです」

「動き、ですか」

「はい。こう、手旗信号みたいな。あれを合図に、男はスカートの中から飛び出した。そう思いついた時に、歌手の女が落ちた短銃を手に取ったところを目にしたものですから」

なるほど。永人も納得した。

一野坂家の女中は「一番欲しいものが見つからなかった場合に人質の振りをしろ」と指示されていた。おそらく、最初に書斎に侵入していた女中A（蒼太郎の面をかぶった）は、武器の設計図などを見つけられなかったのだ。そのことをサロンにいる女中Bに扉の陰から合図した。その合図を見た女中Bが歌手の女に手旗信号で教え、歌手はスカートの中にいる男に伝えた。サロンの照明を落としたのは女中Bだ。暗くなったのを合図に一野坂家の女中は歌手の前に飛び出し、男はスカートの中から出てきた。こうして一野坂家の令嬢を人質に取られたとサロンの客に勘違いさせ、目的の設計図を出させたのだ。

しかしそこまで協力させた仲間を全部置いて逃げるのだから、白首、そしてペギーと呼ばれていたあの女はそうとうたちが悪い。

「それにしても、よくその女中の動きに気付きましたね。偶然見たんですか？」

感心した声で言うと、またも幹子が「はしたない」ともじもじし始めた。あー、めんどくせえ。永人は再び黒ノ井の脇を小突いた。黒ノ井がほとんど棒読みの口調で言う。

「どうして女中の動きに気付かれたんです？」

「あ、じ、実は……たまたまこの鏡を見ておりまして。そうしたら、女中の動きが鏡に映ったのです」

「鏡、ですか？」

「はい……あっ！　影人様、よろしければこちらを差し上げますわ！」

突然ぴょこんと飛び上がると、幹子が手に持っていた鏡を黒ノ井に押し付けた。

「えっ？」

「こ、この鏡、願いをこうグーッと込めまして」

自分の胸の前で手を交差させ、目をギュッとつぶる。それからぱっと見開いた。

「そうしてから見ると、自分の未来が映るのです！　きっと影人様の何かの役に立ちます。今日はハンケチをお持ちできなかったから……せめてこれだけでも！」

押し付けられた鏡を黒ノ井が手に取ると、幹子は「それではごめんあそばせ！」と離れた場所にいる子爵夫妻のところに戻っていった。黒ノ井が呆然と手鏡を見下ろす。ころんとした卵形の、男が持つには不似合いなものだ。

「……やるよ。檜垣」

「いやいやいや、とんでもない。庭場令嬢の想いを無下にはできねえっすよ」

「遠慮するなって」

「いやいや、だってどんなまじないがかかってるか」

「ま、まじないって言ったな今? や、やるよほら、受け取れって」

「だからいらないって」

「わっ、ズボンのポケットに押し込むなっ」

しばし、部屋の隅で鏡の押し付け合いが始まった。ようやく黒ノ井の上着の内ポケットに無理やり放り込むと、永人はホッと息をついた。

「だけど幹子さん可愛らしい方じゃないですか。頭もキレる。今日、ほとんどの連中がテメエじゃ何もしないのに、あの人だけは周囲を注意深く見ていた。そんないやがっちゃあ、いくらなんでも気の毒だ」

「分かってるよ……分かってるけど、それとこれとは別だ。ああ～どこかに理想の女性はいないものか。いつも大人しくて俺がどんな話をしてもにこにこ笑って可愛らしい」

「……そんな都合のいい女の子、一緒にいて楽しいですかね?」

邸内を走り回る警察官に訊くと、不審者はどこにもいないようだという。遠坂家の人々の私室も本人立ち合いのもと捜したが、誰もいない。書斎には数明と将明、ピアノ弾きが入った時点で無人だったという。

　永人はサロンの隅で小さくなっている将明に視線を投げた。

「将明さんが賊とグルだったってバレるのも時間の問題ですかね。お縄になった遠坂家の女中や下働きの男が知らなかったとは思えない」

「だろうな。まあ、ありがちな兄弟間のお家騒動が発端だろうよ。武器の設計図を持って他企業にトンズラするつもりだったのかな」

　とはいえ、白首が将明の思惑通りに設計図を扱ったとはとても思えない。どこでどう繋がったのかは不明だが、白首などと関わった時点で、彼の平穏無事な日常は破綻しているのだ。永人の横を歩く黒ノ井がつぶやいた。

「そういえば、歌手の女はどの部屋を使っていたんだ？　まさかあの恰好で遠坂邸に来たわけじゃないだろう」

　そこで津田に訊いてみると、伊山が捕らわれていた用具室の隣にある物置だという。二階にある客間を用意すると申し出たものの、ここでいいと言われたそうだ。一階のほうがいざという時に逃走しやすいからか。ただし、警察官と津田も入って捜索したが、やはり誰もいないとのことだった。

「だとしても、何か手がかりみたいなものを残していってるかもな」

二人は教えられた物置に足を向けた。最初に入ってすぐ目についたのは、真正面の壁の前の等身大の姿見だった。やけに分厚い大きな木枠に等身大の鏡が嵌め込んである。木枠の裏に取り付けられている脚を広げて自立させるものだ。ものが詰め込まれた狭い部屋の中で、鏡は異様なほど存在感があった。

室内は縦に細長い部屋で、両側に大きい棚が置かれており、雑貨類が詰め込まれている。鏡の前には津田が即席に持ち込ませたと思われる椅子と机があり、机上には化粧品がずらりと並んでいた。床には、これも女の持ち物と思われるトランク。中をさらって見てみるが、女が着替えた着物が入っているだけで、特に目ぼしいものはない。

「何もなさそうですね」

「ここじゃあ人一人も隠れられないしな。やっぱり逃げたか、その女中」

「だけど一応、俺たちも邸内を回ってみませんか」

そう言いながら二人は外に出た。が、少し歩いて、永人は着物の中にあった帯締めを持ったままであることに気付いた。「いけねっ」と叫ぶ。

「うっかり持ってきちまった。ちょ、ちょっと待っててください先輩、戻してきます」

「泥棒の持ち物なのに。律義だな檜垣は」

「相手が泥棒だろうが尼さんだろうが、いやですよ」

あわてて駆け戻り、扉を開けた。

そして目に飛び込んできたものを見て、立ちすくんだ。

「――」

「檜垣？」

扉を開けたきり動かない永人を見て、黒ノ井が戻ってきた。

「どうした。早く――」

その言葉を手で鋭く制する。無言のまま、唇の前で指を立てた。黒ノ井が目を細める。

「先輩。あの鏡、マズいですね。呪いがかかってますよ」

「……」

「俺に昔っから霊感があるの知ってるでしょ？　あの鏡、感じますね。悪い念がこもってやがる」

そう言うと無人の廊下を振り返って叫んだ。

「あっちょうど良かった、お巡りさーん、こっちに来てください。お巡りさんの持ってる短銃で、この鏡を撃ってもらえませんか？」

「なんで鏡を撃つんだ？」黒ノ井も話を合わせる。

「鉛の弾は魔除けの効果があるんですよ！　短銃であの鏡を撃ち抜いて割っちまえば安心だ。お巡りさん早く早く、あの鏡を撃って！」

とたん、ガタガタと音が鳴った。黒ノ井が息を呑む。

二人の目の前で、大きい姿見がガタガタと動いた。鏡がずれ、木枠の中から一人の女が飛び出てくる。真っ赤な顔で叫んだ。

「やめてよ！　撃たないで！」

その顔は怯え、憔悴しきっていた。捜していた最後の女中だ。

あっ、と黒ノ井が叫ぶ。

震える彼女の手には、面が一つ握られていた。

「鏡の角度が変わっていたのか。だから中に人がいると気付いた」

「ええ。扉を開けたら、いきなり俺自身の目と目が合ったから。最初に入った時には、あの姿見に俺の姿なんか映ってなかった」

飛び出てきた女中を永人と黒ノ井で取り押さえた。駆け付けた警察官の手により、下働きの男、女中、ピアノ弾きとともに彼女も連行されていった。

女中は書斎の家探しを終えたら、あの鏡の中に隠れるよう指示されていたという。歌手が退出する際に一緒に運び出してもらう算段だったのだ。ただし、それはあくまで女中自身が設計図やら資料やらの目的のものを捜し出し、白首や歌手らが遠坂家から無事に出る場合に限られる。事実、女中は置き去りにされてしまった。そこで永人たちが去った後、逃げ出そうと鏡を動かしていたところに、出て行ったはずの永人が飛び込んできたというわけだ。

「あの姿見、人が隠れられるよう作られてましたよね。今までにも、なんかの犯罪に使われていたのかも」

「あり得るな」

サロンに戻ると、将明は隅で依然小さくなっていた。彼らが口を割れば、将明も今日のこの事態に加担していたことは早晩知れるからだ。とはいえ、今ここで警察に進言すべきか。黒ノ井と視線を交わし合った時だった。

数明が現場の責任者である警察官を呼び止めた。やけににこやかな顔つきで言う。

「あの連中が何を言っても、ゆめゆめ信用なさらぬよう。彼奴《きやっ》らは腹の底まで薄汚れた大悪党。平気で嘘をつきます。もしも遠坂の家に不名誉なことを口にしたとしても、それはすべて偽り。とはいえ、遠坂がどれほど国家に尽くしているか考えれば、おのずとそんな世迷言《よまいごと》、英明たる我が大日本帝国の警察組織は鼻も引っかけないと信じておりますが」

ずい分と婉曲な言い方だ。言われた警察官も顔をしかめている。が、そんな彼の手に数明が何かを握らせた。警察官の顔が変わる。すかさず数明はたたみかけた。

「これは今日の捕り物の感謝の印に。また、貴殿が所属する芝警察署の署長とは懇意にしている。今度、署長を含めて宴席を設けようではありませんか。国の将来について大いに語る機会といたしましょう」

警察官と兄のやり取りを、将明がちらちらと横目で見ている。誰よりも恰幅がいいはずなのに、やけにしぼんで見えていた。

なるほど。永人は納得した。

数明は弟がこの件に関与していることをとっくに見抜いているわけだ。普段の素行を知り尽くしている彼からすれば当然だ。その上で、弟は一切無関係だと言っている。外聞のことを考えたら無理もないと思われるが、何より——

「〝手駒〟にしましたね。これで弟は兄に頭が上がらない。一生飼い殺しですかね」

横で事態を見ていた黒ノ井も頷いた。

「まあ、そうなるだろうな」

「結局、金のある連中は逃げて、割を食うのは下っ端だ。悪いことって、案外難しいですね」

「だから悪いヤツほどえらくなる」

その時、サロンの隅で声が上がった。見ると、十和が目を覚ましている。「十和さん！」叫んだ数士が互いの親の前で彼女の手を握った。

「すまなかった十和さん。あなたを信じることができなかった、僕は弱い男だ。そのせいであなたを危険な目に遭わせてしまった」

十和はまだぼんやりとした顔をしている。そんな彼女の手を、数士はさらに強く握った。一野坂夫妻、遠坂良子が周辺でおろおろしている。自分たちの息子と娘を、まるで未知の生き物のような目で見ていた。

熱い口調で数士が続ける。

「僕はお父さんに君との結婚を許してもらうよう談判するつもりだ。もう逃げたりしない。だから僕と一緒になってくれるね十和さん？」

「それって――」

どこか夢見るような声音で十和がつぶやいた。

「それって、自由ってこと？」

自由。あまりに漠然とした言葉。

数士がかすかに戸惑った表情になる。彼の脳裏には、どんな未来が描かれていたのだろうか。

未来――

「さっき鏡見た時、俺、ちょっとびびっちまったんですよね」

「え？」黒ノ井が永人を見た。

「さっきって、二度目に物置に入った時か？」

「そう。真正面に誰かが立ってるなって。そしたら、それが俺だったんですよ。似合わない洋服なんぞを着て」

「……」

「幹子お嬢さんが言ってたじゃないですか。未来が視える鏡……なんかそれをとっさに思い出しちまって。あれ。このまったく似合わない服を着た不恰好な俺が、未来の俺なのかなって――」

「そんなわけないだろ」

言下に黒ノ井が答える。強い声音に、永人は思わず彼を見た。

「そんなもんが簡単に分かったら、生きてる意味がないだろ。自分がやってしまったことがどうなるか分からないから、みんな一様に間抜けなんだ。お前も。俺も――」

「広哉も」とつぶやいた気がした。上着の中に隠していた面をちらりと見下ろす。女中から奪い返した蒼太郎の面だ。

「東堂家の別荘に行くよ。今は、あまり広哉の顔見たくなかったんだけどな。あの嘘くさい平然とした顔を見ると殴りたくなる」

「……」

「だけど、これを渡さないとな。戻ってきたって。面だけでも、せめて」

そう言うと、黒ノ井は改めて面を見つめた。蒼太郎の形をした無表情な面を。瞳の部分に穿《うが》たれた小さい穴が、永久に埋められない虚空に思えてくる。

「この面。蒼太郎に似ているような。似ていないような……いや。顔かたちそのものより、面という物体そのものがあいつに似ている気がする」

「面に……？　どういう意味です？」

「あいつはいつも穏やかで、俺と広哉が何かを話している時も、周囲でどんな混乱があっても、いつも黙して後ろに控えているようなところがあった。年の割に何もかもを俯瞰して眺めているような……達観したところがあった。だけどその本性を、誰にも見せなかったんだ。面をかぶって暮らしていた。今は、そう思う」

写真で見た蒼太郎の風貌を思い出す。詩子と似た優しげで控えめな面立ち。一重の目元、すっと伸びた鼻筋から小ぶりな唇まで、輪郭は繊細で柔らかい線をはらんでいた。強烈な白と黒の個性を放つ東堂と黒ノ井に比べれば、確かに印象が薄い。

だが、そんな控えめなはずの男が、東堂や黒ノ井をここまで惑わせているのだ。今となっては、あの寡黙で端整な容貌の中に、決して侮れない何かがある気がした。言わば、無色透明、無味無臭の——毒？

「だから蒼太郎が女と逃げる、しかもその手伝いを広哉がすると言い出した時は、こいつら狂ったかと思ったが……結局は決行してしまった。その後、どんな混乱があったかは、お前が一番よく知ってるよな。檜垣」

息をついた黒ノ井が永人を見た。兄を慕って泣き出した琴音を見た時と同じ、困惑と憤りがないまぜになった表情がその顔に浮かぶ。

「俺たちのせいなんだよな。檜垣。お前が、浅草から千手學園に連れてこられたのも」

「……」

「恨んでるか？　俺たちを」

東堂にも同じことを訊かれたな。さすが相棒。つい、永人は笑ってしまう。

「そりゃね。一年前の今頃は、まさかこんな服着てこんな豪勢なお邸にいるなんて考えてもみなかったですよ。未来ってのは、得体の知れない化け物みたいですね」

「……」

「でも先輩。俺は今んとこ、どんな化け物だろうと負ける気はないんで。そんなヤワな男と思われちゃ心外ですね」

かすかに目を見開いた黒ノ井が、ふっと笑った。

庭から、呼びかける声がある。

「奥様。詩子様。永人様」

手島だ。門前に車を着けてくれたのだろう。永人は「じゃあ」と歩き出した。そして彼を振り返る。

「東堂先輩によろしく。また新学期に。黒ノ井先輩」

「ああ。いい夏休みを。檜垣」

ひと通り挨拶を済ませた八重子、詩子とともに遠坂邸を出る。混乱の中なので見送りは一切ない。門前に二台、檜垣家の車が停まっている。後部の車中に琴音もいた。永人をちらりと見て、すぐにそっぽを向く。

伊山にドアを開けてもらい、乗り込もうとした八重子が永人を見た。

「永人さん。おズボンの裾。ひどく汚れていますね」

「は。はあ、すみません」

「車が汚れてしまいますから。今度からは少し気を付けてください」

そう言うと車に乗り込んだ。詩子が苦笑いする。

「母はあれでも、労《いたわ》っているつもりなのです」

「えっ？　そ、そうなんですか？　そりゃずい分と分かりづらい……」

「ありがとうございました。永人さん」

詩子が深々と頭を下げた。「えっ」永人はうろたえた。

「今も、色々な方から言っていただきましたわ。今日、自分たちが無事でいられたのは永人さんのおかげだって。ありがとうございました」

「いや。たまたまです。今日は先輩がいてくれたし」

「自分がどれほど無力かと痛感いたしました。けれど、あんな非常時にあっても永人さんは……最善の道を選ぼうとする。なかなかできることではありません。心から感服いたしました」

思いがけない言葉に目を白黒させた。不恰好な洋装が、ますます身体から浮いて感じられる。

それでも車に乗り込むと、どっと疲れが襲ってきた。そりゃそうだ。振り回されっぱなし、気を張りっぱなしだったもんな。

手島の運転する車が動き出すと、たちまち眠りに引き込まれた。振動が心地よく全身に響く。意識が途切れる刹那、永人はふと考えた。

未来。

一年後。五年後。十年後。

その化け物は、どんな顔をしているんだろうなあ——

第三話　「未来透視」

からり、と耳慣れた音を立てて引き戸が開かれた。向こうから現れたその姿を見て、永人はたちまち回れ右をしてしまいそうになる。

現れた乃絵は明るい浅葱《あさぎ》色をした銘仙の着物姿だった。ぱっと目を惹く色合いの地に、同じく鮮やかな紅色と菜の花色で大胆な花模様があしらわれている。黒色と白色で輪郭が縁取られているせいか、やけに派手な色合いなのに引き締まった印象だ。帯は赤地に白い花模様。どれもこれも主張が激しい色と模様ばかりだが、不思議と奇抜過ぎない。それどころか、乃絵という女の子の快活さをそのまま表したような爽快感すらある。

なぜか怒ったような顔つきで永人を見る乃絵の髪は束髪に結われていた。かつらだ。けれど大きい白い花の髪飾りが後頭部と両耳の脇に挿してあり、後ろから見ると、髪が花の飾りに押し上げられているように見えている。永人は感心した。これならそうそうかつらとは分からない。

ぽかんと立ち尽くす永人に向かって、小気味いい叱責がぽんと飛んできた。

「ちょいと！　まずは何か言ったらどうなの。まったく野暮だねえ、あんたのその目はガラス玉かい？」

母の千佳だ。息子にじろりと一瞥をくれると、すぐににこりと笑って乃絵を振り返った。

「ごめんねえ乃絵さん。こんな野暮天で。乃絵さんがあんまり可愛いもんだから、この子ったら言葉が出ないみたいだよ」

「がっ」

永人は目を白黒させた。いや待てよ。この前の失敗があるからな、どう言おうか考えてただけだぜ。先に言うな！……とも言えず、永人は千佳と乃絵が楽しげに言葉を交わす様子を見つめていた。

すでに一週間ほど前から、ここ向島の御空《みそら》家に帰省していた。数か月ぶりの母との暮しは面映《おもはゆ》くもあったが、やはりすぐに慣れた。久々に時間を気にせずに浅草に繰り出し、近所の友人、顔見知りの芸者や芸妓、役者や商売人らとも顔を合わせた。ひと時流れていたという不穏な噂（千佳が永人を金で売った）は、すっかり一蹴されたようだ。それはてんから千佳自身が取り合わなかったというのもあるが、千佳と永人を昔から知る浅草の住人らの力が大きかった。おかげで、妙な色眼鏡で見られることもなく、永人は通い慣れた浅草の町に戻ることができた。

けれど、離れていた数か月で、永人はまた違う目でこの育った町を見ていることに気付いた。強者と弱者。金。商売。犯罪——以前も見ていたのに、まるで気にかけてこなかったことが今はやけに気になる。町全体が、いや、この国全体が活気づいて光を放つために、どれだけの影が生まれているのか。『乙女座』の消えた少女たち、そして遠坂家で自分を罵った女中の顔を思い出す。

確かに前者は被害者で、後者は加害者だ。だけど彼女たちのそこまでに至る道程に、どれほどの違いがあるというのか？

何かやらなきゃならねえ。それだけは思う。

もう、大事に思う人に泣いてほしくない――

「檜垣君？」

自分を呼ぶ乃絵の声にハッとした。見ると、眉間に深々としわを寄せてこちらを睨んでいる。

約束の二十五日の今朝、永人は千手學園に乃絵を迎えに行った。そのまま歩いて向島の御空家に行き、こうして短髪に絣《かすり》の着物姿の乃絵を着替えさせてもらった。

彼女の事情の詳細を千佳には話していない。先日、千佳はひょんなことから千手學園内に足を踏み入れたのだが、その際に乃絵とは顔を合わせていないので、用務員一家の娘だとも知らない。永人は事情があって男の子みたいな恰好をしている彼女に、服を用意してほしいと千佳に頼んだ。母は何も訊かず、乃絵のためにかつらや着物、小物類を事前に数種類そろえておいてくれたのである。

「元気のいいお嬢さんだってナァちゃんから聞いてたから」

「ナ、ナァちゃんは」

乃絵の前でそう呼ぶなとあれほど言っておいたのに！

が、千佳はまったく気にするそぶりも見せずに続ける。

「この銘仙、ちょいと派手だけれどキリリとしていていいでしょう？　媚びてないの。だからいけるかなと思って候補に入れておいたんだけれど……ピッタリだねぇ」

とはいえ、母の言葉には頷かざるを得ない。いくつか用意した中から、乃絵に一番似合うものを選んでくれたようだ。おかげで普段の作務衣の少年姿はどこへやら、目を惹く女の子に大変身している。

千佳の称賛に乃絵がはにかんだ。うおっ。永人は目をそらしそうになるのをあわててこらえた。

いやいや。言うぞ。言うぞ。この前の失敗は繰り返さないぞ――

「かっ、かわっ、かわかわかわいっ」

「キャーン乃絵ちゃんったら可愛い～もう抱きしめたい袂に入れて持ち歩きたい～」

永人の必死の言葉は、家の中から飛び出てきた黄色い嬌声にかき消された。

浅草の売れっ子芸者、珠子《たまこ》だ。本日の開店祝いには彼女も同行するのだ。千佳の妹分で、永人のことも物心ついた時から可愛がってくれている。おっとりしているが芯は強く、永人にとっては安心して母を任せておける頼もしい女性だ。

砧青磁《きぬたせいじ》の地色に金糸雀《カナリア》色の縦縞が入った明石《あかし》の着物に、小粋な透け感のある水玉模様の袋帯《ふくろおび》。一方の千佳は藤色の平絽に帯は淡い黄色の献上《けんじょう》、髪は珠子と同じく島田髷《まげ》だ。

一見地味ながら、銀糸の刺繍をあしらった半襟《はんえり》が装いの粋をさりげなく引き立てている。

「若いっていいな〜若いって素敵〜この肌の張り！　キャーぷるぷるしてるぅ〜姐さんほら触ってヨォ、指が押し返されっちまうヨォ」

「あたしらじゃこうはいかないねえ。指を呑み込んじまう」

「でも呑み込んだら離さないもんネェ、くふふふふ」

乃絵に抱きついた珠子が彼女の頬を指でつついている。乃絵がくすぐったそうに笑った。どうやら、永人を差し置いて三人の女性はすっかり仲良くなったらしい。

　俺の出る幕、ねえな。

「え〜でもナァちゃん、その恰好？　う〜ん、ちょっと普通」

一転、永人を見た珠子がやけに不満そうに顔をしかめた。「仕方ないだろ」永人も口を尖らせる。

　明後日から始まる新学期に向けてあつらえてもらった新品の制服ズボンに、これまた新品の真っ白い洋シャツ。ほかに今日のような祝いの席に着ていく服がないのだ。浅草を闊《かっ》歩《ぽ》する時みたいに、普段着じみた和装や浴衣姿で行くわけにもいくまい。

　そんな永人の足元を、珠子がちらりと見た。

「でも、やっぱり下駄なのね」

「ああ、こればかりはな。どうしたって俺には下駄が合ってんのよ。もう重たい、きつい、動きづらい革靴はこりごりだぜ」

「はいはい。じゃあ行くよ。座を盛り上げるよう、椎葉《しいば》さんに頼まれているんだから」

愛用の三味線を収めた長袋を背負って千佳が先を行く。そんな彼女を仲良く腕を組んだ乃絵と珠子が追いかけた。すれ違う瞬間、ちらりと乃絵が永人に視線を寄越した。けれどそのまま、御空家がある長屋の路地を千佳や珠子とともに出て行く。永人は頭をかいた。

あーあ。また言えなかったなあ。

ともあれ、今日一日、何事もなく終わりますように。遠坂家の騒動のようなことはもう真っ平だぜ。

祈るような気持ちで、永人も一歩踏み出した。


浅草橋から市電を乗り継ぎ、銀座二丁目で下車する。目指す店は煉瓦街を京橋方面へと歩く銀座通り沿いにあった。

周囲は呉服店から洋物のシャツを商うシャツ専門店、時計屋から西洋食器屋、和菓子屋、ありとあらゆる業種が並び、一様に活況を呈していた。歩道の端には柳の木が等間隔に植えられて、人々の浮かれた足取りに合わせ、ゆらりゆらりと揺らめいている。銀座で繁盛しているという天ぷら屋の香ばしい油の匂いが、その柔らかな風に乗ってほのかに漂っていた。

『椎葉宝飾店』はおもに輸入宝飾品を扱う店で、通りに面したガラス張りの陳列窓には豪奢な輝きを放つ髪飾りや指輪、帯留めなどが並んでいた。周囲の店と同じく煉瓦造りで、歩道に面した両開きの正面入り口は大きく開放されており、入りやすい雰囲気を演出している。店内には履物を履いたまま入ることができた。

店主の椎葉成範《なりのり》は昔から金離れのいい客として浅草の界隈では人気がある。親の代から輸入業を営む典型的な二代目ボンボンで、根っからの着道楽だ。その道楽が高じ、商売に聡い友人らに担ぎ出されてこの店を開いたという。洗練された佇まいのこの御仁を、永人も幼い頃から知っている。が、どうにも二代目特有の脇の甘さがあり、果たして自分で商売なんてできるのかとひそかに案じてしまう。

店が営業を始めるのは明日からということで、すでに店内はすっかり出来上がっている。陳列棚には色とりどり、形も様々な宝飾品がずらりと並べられ、装いにはちょいとうるさい珠子も「あらまあ」と目を丸くして店内を見回した。

「竜宮城みたいだねえ。乙姫様も出てきそうだヨォ」

「それでは、今日の乙姫様は珠子だね」

明朗な響きの男声が上がった。見ると、年の頃は四十前後ほどの男がニコニコと笑って立っている。椎葉成範だ。山吹色の色紋付に袴という装いも洒脱だ。

「相変わらずお口がお上手ネェ椎葉さん。このたびは、ご開店誠におめでとうございます」

男の言葉を最大限に喜んで見せながらも、珠子が膝をかすかに折って一礼する。〝粋〟が骨の髄まで染みとおっている彼女の所作は、ほんのわずかな動きも婀娜《あだ》っぽい。

「椎葉さん。本日のお招き、ありがとうございます。慶賀のお席、精いっぱいやらせてもらいます」

一方の千佳も静かに頭を下げた。珠子のような大輪の花を思わせる華やかさはなく、むしろ佇まいは地味である。けれど人の目を惹き付けずにはいられない独特の空気がある。それははんなりとした湿り気のようなものなのだが、芳香すら感じられそうな質量のある空気だった。三味線を弾く時、座敷に上がる時、千佳はいつもこの空気をまとう。

母のこの湿り気を帯びた空気は、地方《じかた》としての装いなのだと永人は思っていた。そして自分に見せるのんびりと大人しい顔こそが本来の母の姿なのだと。自分を産んだ当初は檜垣一郎太からお手当てをもらっていたとはいえ、ここ数年、母は女の細腕一本で永人を育てた。そんな母は俺が守らなければ。ずっとそう思っていた。だが、浅草を離れて、その考えが少し変わったことに永人は気付いていた。

この三味線を弾く母こそが本来の姿なのかもしれない。人の目を惹く空気は、色っぽく、かつどこか苦い。その苦さが、彼女独特のしたたかさに繋がっている気がするのだ。俺なんぞより、実はずっと強いのかもしれねえ。そう永人は思い始めていた。

店内は広々としており、そこかしこに布張りのゆったりしたソファと机が置かれている。営業中は陳列棚の前に一台ずつソファを配するようだ。店舗の真ん中に用意された大きい机の上には、仕出しの弁当や酒類、菓子類がずらりと並んでいる。臨時雇いか、もしくは椎葉家の女中か、給仕の女性らが客人らに茶をふるまってはもてなしている。

「日本橋の『一富《いちとみ》』に特別に作ってもらった寿司折だよ。ああ、あと文福堂《ぶんぷく》の和菓子、ひとそろえ全種類頼んでおいたから。好きなだけ食べて。永人君も久しぶりだね」

「はい。ご無沙汰しております。このたびはご開店、誠におめでとうございます」

頭を下げた永人の傍らに立つ乃絵を見て、椎葉がおや、という表情をした。すかさず千佳が彼女を紹介する。

「こちら多野乃絵さん。倅のご友人です。この野暮天、今日のお席に男一人じゃ恥ずかしいってんで、こんな可愛い子を連れてきたんですよ」

「これはまた。宴席に素敵な宝石がまた一つ増えたね。大歓迎だよ」

一礼した乃絵は場の華やかさに圧倒されたのか、先ほどから黙ったままだ。それでも、好奇心に輝いた目で周囲を見ている。彼女が着ている銘仙の柄は飛び抜けて目立つ色合いだが、それがこの場の装飾や宝飾品の豪勢さにも違和感なく馴染んでいた。急に乃絵が知らない女性になってしまったようで、永人は店内のすべてをどこか遠いもののように見つめた。

給仕に促され、ソファの一隅に腰かけた。寿司折や菓子類が出される。遠慮して手を付けない永人と乃絵を見て、珠子がころころ笑った。

「ちょいとォ！　若い人たちが食べなくてどうすんのヨォ。あたしたちはね、もう美味しい魚もお砂糖もちょっとでいいの。胃袋が受け付けないんだからさァ」

「珠ちゃん。もう、そんな年寄りみたいなこと言わないで、やだねェ」

千佳が苦笑する間にも、続々と客が集まってくる。道楽者の椎葉の人脈か、母と珠子のように花街の人間も多い。先日の遠坂家とはまたずい分と趣が違う。とはいえ、人が複数集まると、自然と発生する愛想や迎合、牽制は変わらない。みんな笑顔で腹の探り合いをしている感じがなんとも面白い。

「ああ、紅葉《もみじ》姐さぁん」

入って来た一団の中に顔見知りを見つけた珠子が飛んでいった。千佳も立ち上がり、その賑やかな輪に加わる。残された永人はちらりと乃絵を見た。やはり、寿司にも菓子にも手を付けていない。

「なんか、悪かったな。こんなうるせぇ感じだとは思ってなくてよ」

「ううん！」乃絵がはっと顔を上げた。「そんなことない。すごく楽しい。恰好も、こんな、可愛く」

言いかけた乃絵が顔を赤らめる。自分で自分を褒めることに慣れていないのだ。うろたえた彼女を見て、永人までも焦ってしまう。

言うぞ。可愛いって。言え。言え！

「か——かわっ、かっ、菓子食えよっ！」

きれいに並べてもらった和菓子の皿を乃絵のほうに押しやった。乃絵がきょとんとする。

「え。これ、檜垣君の分でしょ」

「いいから食えって。お、俺ぁ、そんな甘いもんそれほど好きなわけじゃ」

嘘。好き。食べてぇ。

が、今さら後には引けない。何をやっているんだ俺は……情けなさにほぞを嚙みたくなっていると、「じゃあ」とつぶやいた乃絵が菓子楊枝を手にした。うっすら橙色に染まったつぼみの形の練り切りを楊枝で割り、半分を口に入れた。

「美味しい」

一口食べた乃絵が、とたんに心底嬉しそうにつぶやいた。その表情を見ていると、彼女の舌が感じたであろう甘みが、永人の舌の上にまで広がる気がした。

「すごく美味しいよ。食べないの、檜垣君。本当に？」

「……だから、いいって。多野、ぜ、全部食えよ」

「泣きそうだよ？　実は食べたいんでしょ？」

店内にはどんどん人が訪れている。華やかな嬌声は時間を追うごとに色濃くなり、言わば子供の永人と乃絵は完全に浮いた感じになってきた。着飾った女性らの中には露骨に二人をじろじろと見るものもおり、さすがの乃絵も小さくなっている。いくら気が強く、かつては学園の制服を着たまま出歩いたことがあるほど勇気があるとはいえ、この場の喧騒はまた違う性質のものだ。相容れない、大人の色。

せっかくきれいな着物姿なのに。そう永人が思った時だった。ぽんと肩を叩かれた。振り返ると千佳が立っている。永人の手に何かをさっと握らせ、耳元でささやいた。

「外でアイスクリンでも食べてきな。思ったより賑やかになっちまったね。乃絵さんにはちょいと据わりが悪いかもしれないよ」

彼女が握らせたのは一円札だった。助かった。永人はそっと目で促し、乃絵を立ち上がらせた。そのまま三人で店を出る。千佳がすまなそうに笑った。

「ごめんなさいねぇ乃絵さん。うるさくって疲れちゃうでしょ。せっかくその恰好で来たんだ、街をぶらつくといいですよ。ナァちゃん。乃絵さんをしっかり守んなさいよ」

「分かってるよ」と口を尖らせつつ、千佳に向かって頭を下げた乃絵と歩き出そうとした時だった。

「あらぁ、千佳さん。いらしてたのね」

声が上がった。永人たちが行こうとしていた方角とは反対のほうから、いかにも婀娜っぽい女性の一団がやってくる。先頭を歩く女性の顔を見たとたん、永人は速攻で逃げ出したくなった。

浅草の人気芸者、美禰《みね》とその取り巻き連中だ。珠子や千佳が属する置屋『皐月《こうげつ》』と昔から敵対関係にある『沖の屋《おきのや》』に籍を置いている。そのせいで、自然と千佳や珠子と美禰らは折り合いが悪くなってしまっていた。

美禰はまさに歩く芸者魂といった女性だ。大柄で堂々とした体軀の彼女が歩くとそれだけで迫力がある。今日も銀杏《いちよう》返しの髪に深い色合いの紫の平絽、帯は金糸銀糸で波模様が刺繡された豪奢なもの。扇の形をかたどった帯留め、さらには赤い縮緬の半襟が彼女の気性の激しさを物語っているようだ。それでいて彼女の婀娜っぽさは、男をいい気分にさせるというより、何やら共犯めいた薄暗い感情を抱かせるところがあった。てんと弾んだ手鞠のような珠子の明朗さとは違い、その独特の翳りが人気の理由でもある。

「はい。椎葉さんに呼んでいただきました。美禰姐さん」

刺すような美禰の視線にもまったく怯むことなく、千佳が丁重に頭を下げる。千佳はほとんど感情をあらわにすることがない。同業者の前ではなおさらだ。

すると、永人に気付いた美禰の目が細められた。

「あらまあ。こちら、あなたの大事な大事な息子さんじゃないの。ああ。今はお大臣のご令息におなりあそばしたんでしたっけ。あちき、緊張して今日は踊れませんワァ」

取り巻きの芸者らがいっせいにくすくすと笑う。永人はやれやれと思いつつ、頭を下げた。

「お久しぶりです。美禰姐さん」

「あれいやだ。こんな下々の者に頭なんぞ下げないでくださいヨォ。檜垣伯爵様」

昔から、美禰は千佳に対して特に当たりがきつい。それは自然と永人にも向けられていた。一説には、美禰も檜垣一郎太に惚れていたという噂がある。それが後から現れた千佳に引っさらわれたというわけだ。嘘か実《まこと》か、面白半分の噂とはいえ、この美禰の態度には頷かせるものがある。

千佳がちらりと永人を見遣った。細めた目に「行け」という合図を読み取る。彼女の目は、何より乃絵を気遣っていた。確かに、美禰の攻撃的な物言いに乃絵は立ちすくんでしまっている。永人はぐっと腹に力を入れ、再び頭を下げた。

「じゃあ、俺たち行きます。師匠、姐さん、失礼いたします」

同業者や客の前では、三味線の師範でもある千佳のことを「師匠」と呼んでいる。乃絵の腕を取り、きびすを返した。とたん、背後から声が飛んできた。

「あれぇ、やっぱり隅に置けないねえ色男。坊ちゃん、その子を泣かせちゃぁいけませんよ。いっくら伯爵様になったからって、そんなとこまでお父様に似ないようにネェ」

笑いのさざめきが湧き上がる。背中からちくちくと剣山で刺されたみたいだ。

「姐さん。それくらいで、勘弁してくださいな」

取り成す千佳の声が遠くなる。いつもこうだ。美禰と女たちの前に一人で立つ母を置き去りにしながら、永人は唇を噛んだ。

檜垣一郎太の妾だった。その証拠である永人自身の存在のせいで、千佳はいつだって揶揄される生き方から離れられない。旦那が付いて初めて一本立ちする花街において、妾、囲われ者は普通のことだ。そうは言っても、世間はその立場になった者をどこかで見下す。さらに千佳は一郎太から一度縁を切られている。

「――」

もしや。永人は思い当たる。

千佳が永人を金で売ったという噂を流していたのは、美禰たちなのでは。永人が檜垣家に入籍したと聞いて、ここぞとばかりに。……くそっ。

くそっ！

「ひ、檜垣君っ」

声が上がった。はっと立ち止まる。

乃絵が青い顔で見上げていた。彼女の腕を取ったまま、早足になってしまっていたのだ。

あ、と手を放す。

「すまねえ！　つい……ぞ、草履脱げてねえか？」

「うん」

頷きながらも、乃絵がほっと息をつく。遠ざかった『椎葉宝飾店』を怖々振り返った。

「すごかった。あんな敵意剝き出しの女の人、初めて見た。女の関ヶ原の戦いって感じ」

思わぬ言葉に永人は「せ、関ヶ原ぁ？」と訊き返した。

「うん。着物が鎧なの。髪が兜ね。で、お家の幟旗がお化粧」

「化粧？　幟旗が？　なんで」

「士気を上げるんだもん。だから今の女の人、あんなに派手なのね」

妙に納得した顔で頷く乃絵の姿に、とうとう永人は吹き出した。

「確かに！　いざ出陣、てぇ感じだよな、あの姐さん」

「扇子が槍……？　ああ分かった！　帯留めがやけに大きかったじゃない。あれ、きっと火薬が詰まっているのよ。で、いざとなったら投げて爆発させる！」

「ヒャーッ、それ、合戦っていうより忍者だろ！」

「そうか、くノ一だ。これからあの人のこと、くノ一姐さんって呼びなよ」

「よせって、うっかり呼んじまったらどうすんだ！」

二人で大笑いした。行き過ぎる人が怪訝そうに振り返っていく。

風が吹いた。通り沿いに植えられている柳が踊るように長い枝を揺らす。その柔らかい風にしばし吹かれていた乃絵が、ぽつりとつぶやいた。

「千佳さんは、いつもああして闘っているんだね」

「……」

「かっこいい」

声音には熱い感嘆が込められていた。誇らしく感じると同時に、なぜか切なくなる。

本当は弱い女でいたかったのではないか。常に男に守られる。けれど、自分のせいでそれが叶わなくなった――

振り返り、店舗を遠く見る。そんな永人に乃絵が言った。

「行こう檜垣君。少し歩いてみたい」


銀座の大通りを京橋方面へと歩いた。歩道の石畳に永人の下駄の音がカランコロンと小気味よく響く。風が吹くたびに通り沿いに並んだ柳の枝がゆらゆらと揺れていた。盆を過ぎた暑さがその枝の動きに合わせ、どんどん天へと吹き上げられていく。

夏が終わる。

煉瓦造りの店が並ぶ通りを歩きながら、永人は明後日から始まる学園生活に思いを馳せた。おそらく、入学したての自分であれば逃げ出していたかもしれない。それが今は、あの学園に戻ることを当たり前のように考えているのだから、人は変わるものだ。

千手學園には慧がいる。昊がいる。なんやかんやと一緒に過ごしている生徒たち、腹の底が知れない胡散臭《うさんくさ》い生徒たちも。それに——

永人はちらと傍らを歩く乃絵を見た。それぞれの店の洋風の造りや看板、陳列窓を眺めては「わあ」「きれい」と声を上げている。その足取りはうきうきと弾んでいた。

誘ってよかった。自然と永人の頬もゆるむ。夏休みの最終日である明日は、生徒らが帰省先から続々と学園に戻ってくる。多野一家の多忙な日々が再び始まるのだ。

くるりと乃絵が振り向いた。永人の顔を見て眉をひそめる。

「何その顔。ニタニタしてる」

「ニ……だからせめてニコニコと言ってもらえませんかね」

「で？　どうするの。どこか行きたいところがあるの？」

「ああ」千佳から渡された一円札を思い出し、永人は頷いた。

「一丁目のアカネ堂、知ってるだろ。アイスクリン食べないか」

「えっ！」乃絵が高い声を上げて飛び上がった。周囲の人がその声に振り返る。乃絵はあわてて口を押さえると、「ホントに？」と目を輝かせて言った。

「あ、あのアカネ堂のアイスクリン？　〝天使も驚くアイスクリン〟？」

アカネ堂とは、三年ほど前に銀座に開店したカフェである。オムライスやコロッケといった洋食とともに酒類も供し、さらにはコーヒーやソーダ水、ケーキなどの洋菓子を出す。これら目新しい料理の数々に加え、今までにない洒脱な西洋の雰囲気から、上流階級、知識人層や花街の人々から特に人気が高い。

〝天使も驚くアイスクリン〟は、アカネ堂が昨年の夏から売り出した商品だ。アイスクリンそのものは明治の世からあるが、材料すべてを全国から厳選した素材で作っているというのが売りだった。その美味しさたるや一口食べれば〝天使も驚く〟——という広告が、ひところ新聞や雑誌で派手に打たれていたのだ。ちなみに、〝天使〟という言葉は最初は〝天子〟だったようだが、不敬ということで急遽エンゼル……〝天使〟に変更されたらしい。

「ずっと食べてみたかったの。いいの？　いいの？」

「おう。せっかくだからよ、食ってこうぜ。俺も慧と昊に自慢してやる」

「嬉しい……ありがとう檜垣君。これからは寄宿舎の夕飯のおかず、ちょっとおまけしてあげるよ」

「賄賂かよ」そう苦笑いした時だった。

往来を二台の路面電車がすれ違い、それぞれの方向へと行き過ぎる。その車体が重なり、離れた瞬間、向かいの歩道に見知った人物が歩いているのが見えた。永人は息を呑み、乃絵の腕を摑んで柳の陰に引き入れた。

「わっ！　何？」

「シッ！」指を立てる。なんだか、ここ最近こんなことばかりしている気がする。そう思いつつ、怖々と木の陰から向かいの道を窺った。永人の視線を追った乃絵も目を瞠る。

「東堂さん？」

向かいの歩道を東堂広哉が歩いている。紺のスラックスに半袖の開襟シャツという私服姿だ。一人だというのに、常に誰かに見られているかのように姿勢がいい。向かっている方角は自分たちと同じ京橋方面だ。永人と乃絵は、自然と彼の後を追いかけるように歩き出した。

「どこ行くのかな」

「さあ。歌舞伎座は逆の方向だしな」

「歌舞伎かあ……どちらかと言えば、東堂さんは能のほうが好きな印象かな。歌舞伎は黒ノ井さんのほう」

「いやいや。黒ノ井先輩はビックリ奇術ショーだろ、あ」

「あ」

二人して立ちすくむ。

東堂は目指していたアカネ堂に入っていったのだ。思わず、互いの顔を見てしまう。

「……東堂さんも〝天使も驚くアイスクリン〟？」

「いや。アカネ堂に入ったからって、アイスクリンを食うとは限らねえ」

というより、東堂がわざわざカフェでアイスクリンを食している姿が思い浮かばない。

それも一人で？

「……」

いや。一人ではないのかも。もしかして――

「逢引きっ」

「えっ。あ、あいつ逢引きっ」

とたん、夏休み前に東堂から詩子に渡してほしいと頼まれた手紙を思い出した。

「ま、まさか詩子さんと」

「えっ？　誰、詩子さんって！」

素っ頓狂な声を上げた乃絵が、またあわてて口をふさいだ。その顔が真っ赤になる。うろたえた顔で、前方に見えるアカネ堂と永人をおろおろと交互に見た。

「ど、どうしよう檜垣君。入る？　アカネ堂、入る？」

「そりゃ、せ、せっかく来たんだからよ」

「そ、そうだけど……東堂さんの逢引きの現場、目撃しちゃったらどうしよう」

なんで「どうしよう」なんだよ。どうでもいいじゃねえか。いや相手によってはどうでもよくないが。

「食いたくねえのか。〝天使も驚くアイスクリン〟」

「食べたい。天使が驚く前に私が驚いたけど。でも食べたい」

「じゃ、じゃあいいじゃねえか。行くぞアイスクリン……じゃねえ、アカネ堂」

「お、おう。行こう。行くぜ」

せっかくの着物姿が台無しの言葉づかいで、乃絵が気合を入れる。思わぬ東堂の出現に混乱したか。まあ、このちぐはぐさが可愛いと言えなくも――

「うぉおおおおっ」

「えっ！　いきなり走らないで檜垣君！」

一人で駆け出した永人を、乃絵の悲鳴が追いかけてくる。はっと足を止めて振り返ると、ちょこちょこした早足で近付いてきた。普段の作務衣とは違って走りづらいのだ。

「もうっ、叫んだり走ったり騒ぎ過ぎ！　そんなに東堂さんが気になる？」

「ハア？　き、気にしてんのは
お前だろ！　という言葉を呑み込み、まずは往来を向かいの歩道へと渡った。アカネ堂の前に立つ。二階建ての店舗の上階部分にはバルコニーが設けてあり、石造りの丸い列柱がそれを支えている。その真下の歩廊の向こうに店の入り口であるアーチ型の木の扉があった。

「……行くぞ」

「う、うん」

美味しいものを食べに行くとは思えない、緊張した顔つきで頷き合う。

三段ある石段を上り、扉を開けた。中を見て、二人とも一瞬言葉を失う。

広い店内は吹き抜けとなっていた。一階の客席部分を二階が囲み、見下ろせるようになっている。高い天井、壁のそこかしこにシャンデリアが取り付けられ、西洋風のアーチ形の窓の両脇にはたっぷりとしたドレープの真っ白いカーテンがまとめられていた。

大人の世界。永人はまさに違う世界の扉を開いてしまった気がした。

着物に白いエプロンを付けた若い女性がやってきた。にこやかにしているものの、見るからに場違いな二人を値踏みしているのが窺える。永人は一瞬たじろぐが、ぐっと腹を括った。アイスクリンと東堂。この二つ、確かめるまでは帰れない。そこでにっこり笑って女給を見た。

「こんちは。嬢ちゃん坊ちゃんみんなが喜ぶ大人も喜ぶ、〝天使も驚くアイスクリン〟を食べにきました」

突然の口上に虚を衝かれたのか、女給が目を丸くした。が、すぐに表情を和らげ、「こちらへ」と二人を促して歩き出した。店内の壁に据え付けられた、二階へと通じる階段を上る。永人は彼女について歩きながら、そっと階下を見下ろした。

　すると、店の奥まった席に東堂がいるのが見えた。永人がいる位置には背を向けており、彼と対面している人物の顔のほうがよく見えた。永人は目を見開く。

　男だ。年の頃は二十代後半といったところ。質素なシャツ姿で、縁なしのメガネをかけた容貌は見るからに切れ者の雰囲気を醸し出している。けれど見た目は穏やかで、今も淡い笑みを浮かべて東堂と話をしていた。

　手すり越しに一階が見下ろせる席に通された。東堂の横顔が見えるか見えないか、という位置だ。これならば自分たちがいるとは気付かれまい。永人は安心してアイスクリンとソーダ水をそれぞれ二つ注文した。「はぁい」と言った女給が、永人と乃絵、両方に色っぽい笑みを投げかけて去っていく。

　彼女が階下に去ってすぐ、乃絵が声を潜めた。

「こ、ここ、えっと、男の人が来るようなとこ？」

「そういう面もあるかもしれねえけど、新橋の芸者さんとかにも人気だって母ちゃん言ってたぜ。だから女が入ってもおかしくねえよ」

「そっか」とつぶやいた乃絵が、ますます声を低くする。

「男の人だったね。東堂さんと会ってる人。檜垣君はあの人のこと知ってる？」

「まったく見たこともねぇ。誰なのか見当もつかない」

　考えてみれば、東堂の私生活などほとんど知らない。当然のことながら交友関係も。

逢引きかと意気込んだわりに肩透かしの結果だったせいで、乃絵はすっかり関心を失ったようだった。店内をキョロキョロ見回しては、「すごい」としきりに繰り返す。

「今日一日で、ここ一年分くらいの経験をした気がする」

「大げさだな」

「ホントだよ。だって毎日が単調な繰り返しだもん。学園からは買い出し以外は出られないし」

「……」

返す言葉に迷う。が、乃絵はすぐに目を輝かせて永人を見た。

「ああでも。檜垣君が来てからはちょっと違う。毎日がハラハラドキドキしてる。探偵小説を読んでるみたいに」

「また探偵かよ」

苦笑した。けれど、思いがけず胸の中が温かくなる。それがどうにもくすぐったくて、永人は意味もなくそわそわと頬を引っ掻いた。

程なく、女給が銀のトレーに載せたアイスクリンとソーダ水を運んできた。平たいガラス器に盛られた雪玉みたいなアイスクリン、ころんとした形のコップの中で弾けるソーダ水を見た乃絵が「美味しそう」とつぶやく。

女給は続いて、また違う皿を机に置いた。三角の形に切られたスイカが四切れ、白い皿に載っている。永人と乃絵が同時に顔を上げると、彼女は小さく笑った。

「可愛いお二人さんに、おまけ」

そう言うと、さっさと二階席から姿を消した。二人は束の間互いを見て、それから怖々スプーンを手にした。

「……いただきます」

白くて無垢なアイスクリンの表面にスプーンを差し入れる。すくったアイスクリンを口に運び――

「むっ」

「んっ。何これっ、美味しいっ」

二人、同時に声を上げていた。

口中に感じたのは、夏の暑さを忘れさせる冷たさだった。その清涼感とともに牛乳や卵のコク、砂糖の甘味が染み入るように舌の上に広がる。まろやかな甘みは食べたことのない優しい口当たりで、にじみ出る牛乳と卵の滋味がこの上なく幸せな気持ちにさせた。

「美味しい……これは天使も驚く……」

ソーダ水を飲んだ。細かい泡が浮かんだ透明のソーダ水からはほんのりとレモンの味がして、アイスクリンで甘くなった口の中を程よく中和してくれる。

「すげえ。何か食べて幸せだって思ったの、初めてかも」

「うん。贅沢だって分かってるけど、これは美味しい。ああ～世界は広いんだなあ。知らないことばかりだ」

いきなり世界か。そう思いつつ、乃絵らしいと笑ってしまった時だ。

「アイスクリンを食べて世界を連想する。面白いね」

背後で声が上がった。二人は食べていたアイスクリンをぎょっと呑み込む。振り返って、唖然とした。

東堂が立っていた。


「えっ、あれっ、あれっ」

あわてて階下を見下ろした。先ほどまで彼が座っていた席は空っぽだ。男の姿はすでに店内から消えている。しまった。アイスクリンに夢中になり過ぎて気付かなかった。

乃絵は突然の東堂の登場に硬直してしまっていた。あ。永人は気付く。

彼女が女の子だと東堂は知っている。が、乃絵は東堂に知られていると気付いていない。どうする。この場をどう切り抜ければいい？

東堂が歩み寄ってきた。乃絵に向かい、にっこりと笑いかける。

「初めまして。東堂広哉と申します。檜垣君と同じ、千手學園の生徒です」

乃絵が目を見開いた。

彼女に話しかけた東堂が、ちらと永人を一瞥した。なるほど。永人は狼狽しながらもかすかに頷いた。

当然のことながら、東堂はこの女の子が乃絵だと気付いている。が、ここは初対面の振りをするというわけだ。

「こんなところで学園の後輩に会うとは思わなかったよ。それにしても、檜垣君にこんな素敵な女友達がいたとはね。よかったら、少し同席してもいいかな」

「は、はいっ」永人が答えるより先に、乃絵が声を上げた。背筋をピンと伸ばすが、すぐに顔を隠すようにナプキンを口元に当てる。

意気揚々と東堂が永人の隣に座る。ほとんどなくなった永人のアイスクリンの器を見て「美味しそうだね」と言った。

「せっかく来たのに食べてねえんですか？　〝天使も驚くアイスクリン〟」

「知人と会っていてね。コーヒーを頼んだだけだから。男二人でアイスクリンを食べても味気ないだろう」

黒ノ井なら相手が誰であれ嬉々として食べそうだが。

「ところで檜垣君。影人から聞いたよ。先日の遠坂邸襲撃事件、大活躍だったそうじゃないか。新聞には君のことは何も書かれていなかったけど」

例の白首一味による騒動は、新聞各紙によって後日大々的に報道された。権威を叩く新聞の面目躍如とばかりに遠坂家の贅沢三昧があげつらわれていたが、真偽のほどは不明だ。

なお、賊と通じていた将明のことについては、どの新聞でも一言も触れられていなかった。どうやら、遠坂数明は弟の犯罪の隠蔽に成功したようである。

白首とオペラ歌手の女について触れている記事もなかった。まだ世間に知られてはいないのかもしれないが、あの実行力と残忍さだ。早晩、巷の耳目を引くであろう。

事件を知らないらしい乃絵が不思議そうに永人を見た。彼女の表情に気付いた東堂が「ああ」と笑う。

「先日、ちょっとした事件があったのですよ。その場に居合わせた僕の友人によれば、ここにいる檜垣君が獅子奮迅の活躍を見せて解決したとか」

「お、大げさです。それにあの時は黒ノ井先輩が助けてくれて」

「彼は探偵なのですよ」

永人の言葉を無視して、探偵という言葉にことさら力を込めて東堂が続ける。

「だからどんな謎も事件も、解決せずにはいられないわけです。おかげで、僕の学園生活も非常に楽しいものになっている」

にこやかに語る腹黒生徒会長の真意が分からない。東堂はその笑みを浮かべたまま、乃絵に訊ねた。

「お名前を伺ってもよろしいですか？」

内心、ぎょっと息を呑んだ。確かにこの場で名乗らないのは不自然だ。どうする、とあわてた時だった。

「乃絵と申します。訳あって、姓を名乗ることはできません。失礼をご容赦ください」

背筋を伸ばした乃絵が深々と頭を下げた。「乃絵さん」と東堂がつぶやく。これが〝多野乃莉生《のりお》〟の本名だと察したのであろう。いつになく柔らかく表情を崩し、永人を見た。

「こちらこそ。不躾《ぶしつけ》なことを訊いてしまいました。それにしても檜垣君。君も隅に置けないな」

くノ一、いや、美禰と同じこと言うな！

「お構いなく、俺のことなんざ隅っこに置いといてくださいよ。そ、それよりなんで俺らがここにいるって」

「店に入って来た時、女給さんに向かって威勢よく口上を述べていたじゃないか。僕が可愛い後輩の声を聞き逃すと思う？」

「……そこは聞き逃してほしかったっすね……」

ぼやいた永人の顔つきに清々《せいせい》と笑った東堂が「あ」と声を上げた。

「そうだ。詩子さんに言付けた手紙を渡してくれたんだね。ありがとう。おかげで、彼とああして会うことができた」

え、と永人は息を呑む。

「もしかして今の男の人、詩子さんの知り合い？」

「正確には蒼太郎と僕の、かな」

唐突に出てきた蒼太郎の名前に、永人だけでなく乃絵も表情を変えた。

「蒼太郎……？」

「うん。彼は檜垣邸で特別家庭教師をしてくれていたんだ。外国語——支那語」

その言葉に、永人は寮長の川名律《かわなりつ》が話していたことを思い出した。

蒼太郎は檜垣邸に特別家庭教師を呼び、英語以外の外国語を学んでいた。その授業に、東堂も毎回同行していたという。

今の男性はその家庭教師か。思わぬ正体に驚くが、同時に新たな疑問が湧く。

その家庭教師に、なんの用なのだ？

「張《チャン》先生は留学生でね。ほら、かの国は日清大戦の敗北から、我が国に自国の若者を多く留学させているだろう？　その中のお一人なんだ。檜垣伯爵と彼の父親が旧知の仲のようでね。その関係で、教師をしてもらっていた」

淡々と語る東堂の表情にはなんの揺らぎもなかった。平静そのもの。黒ノ井が嫌がっていた顔つきだ。

「支那は——ああ、国の呼称というのは非常に微妙な問題をはらむね。『支那共和国』も上奏案として正式に明記された呼称なのだけど……ここは相手国の主張を容れて『中華民国』――中国と呼ぼうか」

「そ、その先生を詩子さんに呼び出してもらったってことですか？」

「うん。僕は張先生の連絡先を知らなかったのでね。まあ、伯爵には内密にと頼んだから、詩子さんが仲介役を引き受けてくれるかどうか不安だったのだが。だから連絡をもらった時は驚いたよ。夫人や妹さんと違って、内向的な方だと思っていたけど……案外肝が据わっているんだね」

　そう言うと、永人のほうへ視線を寄越した。意味ありげに目を細める。

「それとも、君の影響かな？」

「なんでもかんでも俺のせいにしないでくださいよ」

　東堂が詩子に手紙を託した理由はこういうことだったのか。恋文だと騒いでいた来碕兄弟の姿を思い出し、にやりとしてしまう。

「で？　なんでまたその……中国語の先生に会おうと？」

　朗らかに笑っていた東堂の瞳に影が落ちる。永人、そして乃絵もひそかに息を呑んだ。

　すとんと、暗幕を切って落としたかのように目の表情が変わった。それでいて、顔つきの穏やかさは変わらないのだ。その分、彼が抱えている深淵が垣間見えたようで、永人は言葉を失ってしまう。

「信じられなくて。どうしても」

やがて、ぽつりとつぶやいた。その声音はどこか儚《はかな》げで、幼かった。永人も乃絵も声を出せない。今、目の前にいるのは千手學園の巨頭、東堂広哉ではなかった。ただの無防備な少年だ。

信じられないとは、檜垣蒼太郎の死の報せのことか。けれど、それがなぜかつての家庭教師を呼び出すことになるのか。

困惑しきった二人を見て、東堂がかすかに目を見開いた。「ああ」と苦笑いする。

「申し訳ない。お二人の邪魔をした挙句、自分のことばかり話してしまった。そろそろお暇《いとま》する——けど」

立ち上がろうと浮かしかけた腰を、再び椅子に落ち着ける。永人と乃絵を交互に見た。

「邪魔ついでに、知恵を貸してもらえると嬉しいな」

「知恵、ですか」

「ああ。ある友人が、僕に残した言葉なのだけど。檜垣君はどういう意味だと思う?」

「友人?」眉をひそめた永人の目の前で、東堂が口を開いた。

「僕を見失ったら、潯陽《じんよう》の川のほとりを捜せ」

謎めいたその文句に、永人は目を丸くした。

「潯陽？」

「そう。〝中国〟の江西省にある潯陽」

「……言葉の意味のまんまじゃなく？　潯陽の川のほとりを捜せって」

「檜垣君。それって現実的だと思う？　第一、川とはどこの川だ。まさかあの揚子江？　だとしたらほとりとはどこだ」

　確かに。ただでさえ国土が広い上に、その陸を貫くとんでもない長さの川があったと記憶している。具体的な場所を指しているとはとても思えない。

「その言葉を先輩の友人が……？　あ、そ、それってまさか蒼太――」

　蒼太郎の名前を言いかけて、あわてて口を噤む。乃絵は蒼太郎失踪の真相を知らない。事実、彼女はきょとんとしている。

　東堂がふっと笑い、肩をすくめた。

「これだけじゃ分からないよね。だから彼は、この言葉を解く手がかりとして、もう一つ言葉を残していた」

「僕と義理の弟の名前は同じなんだ。この意味が分かったら、僕を捜せる」

「ハア?」今度こそ素っ頓狂な声が出た。

「同じ? 俺と蒼太郎の名前が?——あ」

つい、蒼太郎の名前を出してしまった。が、永人があわてるより先に、今度こそ東堂が立ち上がった。

「この二つしか話してもらえなかった」

「……」

もしやこの謎めいた二つの言葉は、張という家庭教師が言っていたことなのか?

「彼が僕に残していた言葉だ。張先生は……もしも僕が訪ねてきたら、この言葉を伝えるよう彼に頼まれていたそうだ」

「……」

「分かる? 檜垣君には。彼が何を伝えたかったのか」

分かるわけがない。永人は困惑して東堂を見上げた。そんな永人を、東堂も見つめ返す。

「助けてくれると嬉しいよ。では檜垣君、君も明日には学園に戻ってくるのだろう? またよろしく頼む。それと、乃絵さん」

いきなり東堂に話しかけられた乃絵がぴんっと背筋を伸ばす。

「は、はいっ」

「突然割り込んで、無粋な話を長々と申し訳ありませんでした。またどこかでお目にかかれたら光栄です。それではお二人ともごゆっくり」

一分の隙もない丁重な物腰で頭を下げると、東堂は二人に背を向けて一階へと降りていった。そのまま退店した気配がする。彼の気配が消え去ってもなお、二人は向かい合ったまま口を開けずにいた。

謎が増えた。永人の頭が混乱する。

かつて、蒼太郎とともに中国語を習っていた家庭教師。

義兄が東堂に残した言葉。

なんなんだ。これらは、すべて一本の糸で繋がっているのか？

そしてその果てはどこに通じているんだ？

シャク、と小気味のいい音が鳴った。永人ははっと顔を上げる。

乃絵がスイカにかぶりついている。口をもぐもぐと動かすと、薄赤いスイカの汁が唇の端からこぼれた。すかさずナプキンで拭いた乃絵が、もう一口スイカをかじる。

「美味しいよ。東堂さんにも勧めればよかった」

「……」

「美味しいもの食べると、寂しいって気持ちが少しはちっちゃくなるじゃない？　なくなりはしないけど。でも、ちっちゃく」

言わんとしていることがなんとなく伝わる。永人もスイカを手にした。大口を開けて、とんがり部分にかぶりつく。乃絵が吹き出した。

「二口で食べ終わるんじゃない？」

「うん。美味い」

「種ごと食べちゃいそうだね」

二人で黙々とスイカを食べた。せっかくの夏なのになあ。永人は一人で去っていった東堂の背中を思い出した。

彼の目にはアイスクリンもソーダ水も、スイカも映らないに違いない。きっと、時が停まったままなんだ。蒼太郎が消えた真冬から。

「……」

そんな東堂が常々言う「我が国」。

時が停まった彼の目に、「我が国」の未来はどう映っているのだろう？

『椎葉宝飾店』に戻ると、中では三味線の音や唄が乱れ飛び、それに合わせて珠子を含めた芸者らが好き放題に踊っているところだった。無礼講というやつだ。絶え間なく交わされる嬌声や笑い声、話し声が開け放たれた店頭の間口から、やいのやいのとあふれ出ている。

こりゃ早々に退散したほうがよさそうだ。もらった金で市電に乗って、自分たちだけでも帰ろう。脱いで着替えるだけなら乃絵一人でも大丈夫だ。永人は乃絵を店前に残し、店内を窺った。千佳を目で探す。

千佳は店の真ん中に置かれているソファの上に正座をし、いつもの姿勢の良さで三味線を弾いていた。ほかの奏者や唄う芸者らが、横から割り入っては次々曲目を変えるので、そのたびに調弦して音程を合わせなければならない。けれど母はどんな曲が始まっても顔色一つ変えない。手元を確かめることもなく素早く糸巻を巻いて調弦し、音調をぴたりと相手に合わせてしまう。その姿に、永人は改めて感心した。

とはいえ、母は手が離せそうもない。仕方ない、伝言を頼むか、と店内を見回した時だった。突然横から伸びてきた手に腕を摑まれた。

「ちょいとぉご注目！　檜垣伯爵ご令息のご登場だよぉ！」

美禰とその取り巻きだ。一斉に客らの注目を浴びながら引きずられた。酒と白粉《おしろい》の匂い、煙草の紫煙が混じる中に放り出される。

「せっかくの祝いの席ですものォ、ぜひ一曲お願いしたいわあ坊ちゃま！」

酔ってるな。永人は内心舌打ちした。

ここにいる客の中で、千佳と檜垣一郎太の関係を知らない者はいない。永人の出自もしかりだ。

またいいように揶揄されるのか。他人のほんの束の間の慰みのために。

「あの浅草中の女を泣かせた檜垣伯爵の胤《たね》ですものォ。そりゃあそのへんのカボチャやイモとは種の出来がちがうでしょうよ。見せてくださいな坊ちゃま、唄でも踊りでも、何か一曲ゥ」

笑い声が店中に響く。千佳はソファの上に正座したまま、黙って永人を見ていた。椎葉は困った顔をしてはいるものの、どこか面白がっていることが窺える。「ちょいと姐さん、いくらなんでも」顔色を失った珠子が身を乗り出したのが、目の端に映った。

その珠子の動きを永人は手で制した。真っ直ぐ美禰を見返す。

「いいですよ。浅草一の人気芸者、美禰姐さんの頼みとありゃあ断れねえ。その代わり、俺からもちょいとお願いしていいですか」

濃い眉墨で縁取られた美禰の眉根が、ひくりとうごめいた。

「俺の踊りを見て、姐さんが感心してくださったら。今度は俺に見せてもらえませんか。姐さんの踊り。そうですね演目は……美禰姐さんと言えば、『老松』か」

美禰がかすかに目を見開いた。客らがどよめく。

『老松』は新たな門出を祝う宴席などで披露されるご祝儀踊りの演目だ。美禰の十八番《おはこ》でもある。

細めた目で睨む美禰を、永人も真正面から見た。

「見せてくれますよね？　美禰姐さん」

「……ずい分と大きく出たじゃないのさ坊や。あんたの踊りごときで、あたしを引きずり出せるとでも？」

「やってみなきゃ分かりませんよ」

そう言うと頭を下げた。千佳を振り返ると、やれやれというふうに肩をすくめる。だが、佇まいからは気合いに漲《みなぎ》る生気があふれていた。この気に包まれた時の千佳は、研いだ刀身のようにうかつには触れられない。けれどしなやかだ。演者として〝入った〟瞬間だ。

「珠子姐さん。傘、あるか」

「あ、『雨の五郎』ォ？」

今の自分がまともに踊れるのはあれだけだ。頷くと、珠子があたふたと周囲を見回す。程なく、「これを」と一人の客が日傘を貸してくれた。可愛らしい水色と白の縞模様ではあるが、傘には違いない。永人はありがたく拝借した。

店頭で乃絵が立ちすくんでいるのが見える。悪ぃな。永人は胸の内で手を合わせた。帰るのはもうちょっとだけ待ってくれ。

絶対に負けらんねえんだよ。

俺と、母親の未来のためには。

真ん中から人が退く。先ほどまでの騒がしさが嘘のように静かになっていた。珠子も持参していた小鼓《こつづみ》の紐を調整し、千佳の隣のソファの上に正座した。酔っぱらってはしゃいでいた様子はすっかり鳴りを潜め、真剣そのものの顔つきだ。永人は床の上に正座して両手をつき、深々と頭を下げた。

「師匠。よろしくお願いいたします」

「あい」と調弦を終えた千佳が真っ直ぐ前を向く。

立ち上がった。洋服姿に洋風の日傘、下駄という珍妙な恰好ではあるが、永人は千佳同様前方を見据えて板に立つ。

千佳の凜とした一声が響き渡った。

「ヨ、ォッ」

雨の降る夜も雪の日も　通ひ通ひて大磯や

つい先日、千手學園で披露したばかりだ。あの時に勘を取り戻しておいたことが、まさかこんなところで役立つとは。曲を追うのが精いっぱいだった前回よりも、動きに余裕がある。その分、手足の先に今までにない柔らかい伸びがあった。珠子が絶妙な間合いで小鼓の合いの手を入れる。

木の床を踏み締めた下駄の歯が、思いのほか高らかにカンと鳴った。母の三味線が乗るのが分かる。珠子が柝《き》の代わりに鼓で音を入れてくれた。

　恋人を想う男の恋情の踊りから、後半の荒々しく勇壮な踊りへ。正味十分ほど、最後の見得を切って曲が終わる。永人の動きが醸す青臭い躍動と、千佳の吸い付くような三味線の音の余韻がしばし『椎葉宝飾店』内をひと時の異空間へと誘った。気迫に当てられた客らが、目覚めたようにぱらぱらと手を叩く。芸事に慣れた目から見れば永人の動きなど素人である。鼻で嗤《わら》われても仕方がない。

　だが、それでも永人には、今ここで踊る必要があった。見せろと言われて見せない。それは自分を否定していることと同じだからだ。

　客に向かって正座をし、頭を下げた。「姐さん?」女性の声が上がる。

　顔を上げると、美彌が愛用の扇子を手に前に進み出た。正座したままの永人を見下ろすと、やけに低い声音で言った。

「舐めんじゃないよ。青っ洟垂《ぱな》らした小僧が。アンタのひょっとこ踊りなんぞであたしの大事なお客様の席を汚されてたまるかい」

　そう言うと、今の今まで永人が踊っていた床に正座した。取り巻きの芸者衆がぎょっとする。

「姐さん、お着物が」

　仲間の三味線弾きが前に出ようとするが、美彌がその動きを制した。代わりに、ソファに座している千佳を見る。

「千佳さん。『老松』、お願いできますか」

予想外の申し出に、誰もが息を呑んだ。

この曲を、組んだことのない千佳と演る。これは互いにとって危険をはらむ。三味線・唄と踊りは一蓮托生だ。その分、相性が曲の成否を分ける。一度も合わせたことのない演者同士の乗りがぴたりとはまるか、反撥し合って空中分解するか、一発勝負だ。

一方の千佳は、まったく表情を変えずに調弦を始めた。ビン、ビンと糸を鳴らす。そのまま手元を確認することもなく美禰を見据え「あい」と答えた。

二人の間に見えない火花が散る。女の意地か、それとも芸者の矜持《きょうじ》か。

思いがけない展開に、人々の間に緊張と期待が漲る。ことの発端である永人も客らの間に紛れ、見守るしかなかった。乃絵のことを思い出し、店頭を見る。

そして目を瞠った。

立ちすくむ乃絵のすぐ傍らに大柄な男が立っている。白いものが目立つものの毛量豊かな髪を後ろに撫でつけており、意思の強そうな一文字の眉の下に鋭い双眸《そうぼう》が光っている。背が大きい上に肩幅が張っているので、立っているだけで威圧感があった。店内に入ろうとはせずに、ゆっくり周囲を見回す。気付いた数人の客が顔色を変えた。彼の視界に入らないよう、こそこそとささやき合う。あの眼光に射抜かれたら、焼き尽くされるとでも思っているのか。

その視線が永人のほうへ流れてくる。目が合った。冗談じゃねえ。永人は息を詰めた。

冗談じゃねえ。

俺は逃げねえぞ。

足を踏ん張り、その男の視線を真正面から受けた。

檜垣一郎太。

地方から地方へ、そして東京に戻っては妾宅へ。久しぶりに見る父の顔だ。永人は場の緊張も忘れて、彼とじっと睨み合った。


糸の音が鳴る。

正座して頭を下げていた美禰の上半身がゆっくりと起き上がる。

千佳の歌が響き渡った。

実《げ》に治まれる四方の国　実に治まれる四方の国　関の戸ささで通はん
これは老木の神松の　千代に八千代にさざれ石の　巌となりて苔のむすまで

空気が変わる。美禰の動きに永人はぐっと引き込まれた。

彼女の差し出す扇子が示すほうに、遠い海が見える。永人には彼女の視線の先に広大な水平線を背にした松の老木が立っている気がした。が、広げた扇子を仰ぎ見る、ひらひらと動かす、そのたびに情景が変わる。夜から昼へ、海から空へ舞い上がり、大地を駆ける。祝いの精か。それとも、彼女は世に吹く風と同化しているのか。

動きの滑らかさ、着物の裾にまで血が通っているかのようななまめかしさ。それでいて、凜とした中に漂うそこはかとない孤独。

この孤独が、千佳の声とよく合っていた。千佳は美禰の踊りの緩急に合わせ、巧みに音の長短を変えた。それが美禰の動きにより躍動感を与え、柔らかさをさらに引き出す。

松の太夫のうちかけは　蔦の模様に藤色の

いとし可愛いも　みんなみんな男は偽りぢゃもの

自由気ままに世の中を吹きぬけていた祝いの精が、人の家に舞い降りた。急に踊りが人間臭く、美禰がいじらしく見える。

ゆたかに遊ぶ鶴亀の　齢を授くるこの君の

行く末守れと我が神託の　告を知らする松の風
富貴自在の繁栄も　久しき宿こそめでたけれ

正座した美禰が閉じた扇子をそっと前に置く。そのまま深々とお辞儀をした。千佳の唄う声が彼女の動作に重なり、そして消えていく。その余韻が消え去る前に、店内はやんやの大喝采となった。

立ち上がった美禰が着物の裾をぽんぽんとはたく。永人も素直に称賛の拍手を送った。目の前で見ると迫力が違う。彼女の踊りを見ていると、ひと時の忘我を味わえる。浅草中の座敷で引っ張りだこになるのも頷けた。

が、彼女の踊りにさらなる柔らかさ、深みを与えたのは紛れもなく千佳の三味線と唄だ。二人の芸には深いところで通じ合い、共鳴しているところがあった。それを感じたのか、千佳も美禰も表面上は変わらないものの、どこか清々としている。

「これは歴史に残る一幕だったたな！　みんなに自慢しなくては」

椎葉が興奮した様子で言った。一時はどうなることかと危惧されたが、結局は宴席が盛り上がったのだ。千佳は、そして美禰は無事勤めを果たしたことになる。

敵わねえなあ。苦笑した永人は、はっと店頭を見た。

一郎太が乃絵に何かを手渡している。分厚い祝儀袋に見えた。そのまま背を向けて立ち去ろうとする。「あ」永人は思わず父を追いかけ、店から飛び出した。

石畳の歩道を歩いていた一郎太が、飛び出してきた気配に振り向いた。ふてぶてしい佇まいのせいか、周囲の空気までが彼の勢いに巻き込まれ、風を起こす気がする。一郎太は久しぶりに対面する「息子」を見てかすかに目を細めた。

気に食わねえ。いつでもどこでも、テメエが世界の中心だって顔しやがってよ。

母ちゃんの前に、二度とそのツラ出すな！

すると、開口一番、父はあまりにも意外なことを言った。

「東堂の倅が、家庭教師の張と連絡を取ったようだな」

目を見開いた。

バレてる？　今日、二人が会っていたことが。詩子が約束を破って父親に告げたのか？

「……」

違う。直感した。

東堂が会っていた張という男。一見、人畜無害そうな中国語の家庭教師。彼が、東堂に呼び出されたと一郎太に言ったのでは？

「阿田川雪子もとんだしくじりをしてくれた。新聞沙汰などになりおって。おかげで東堂の息子によけいなことを考えさせるきっかけを与えてしまった」

阿田川雪子。蒼太郎と駆け落ちしたといわれる女優。

しかし、一郎太の声がやけに平静であることに永人は引っかかった。〝死亡した同伴青年〟とは、蒼太郎のことだと気付いているはず。息子が死んだのだ。なぜこんなに落ち着いている？

戸惑う永人に向かい、一郎太が言い放つ。

「東堂広哉から目を離すな」

「……」

「あれは将来、使い方次第では我が国の優秀な盾となろう。だが……一歩間違うと危険な爆弾になりかねん」

将来。その言葉に射すくめられる。

「早晩、あれも真相に気付く。いや。張に連絡を取ったということは、すでに確信しているのかもしれん」

「真相……？」

つい、つぶやいてしまった永人の表情を一郎太が見た。精査するような目つきでしばし見つめてから、唇の端をかすかに上げる。

「まだ何も聞かされていないか。さすが慎重だな。あれも」

「……」

「どちらにしろ、今後、東堂広哉がどういう行動に出るか予測できん。だから目を離すな」

声も出せずにいる永人を置いて一郎太は去っていった。道路端に停めていた専用の自家用車に乗り込む。彼が乗り込むと同時に運転手が車を発進させた。

どういうことだ。東堂から目を離すな？

真相。それは蒼太郎が失踪した真相ということか。つまり、駆け落ちで学園を逃げ出したのではないということ？

あの落ち着いた態度はなんなのだ？

「……」

背筋がぞくりとする。

ずっと、東堂のほうが一郎太の弱みを握って手駒にしたと思っていた。が、それはまったくの逆だったのでは。

そう思わせることで、逆に一郎太は東堂をも掌で転がしているのでは。蒼太郎の失踪に、実は一郎太自身が加担しているのでは？

遠くなる車を呆然と見送る永人の背後に、人が立った。乃絵だ。緊張した顔で「もしかして」とつぶやく。永人は渋々と頷いた。

「俺の親父だよ。檜垣一郎太」

「今の人が」

そう言った彼女の手にはご祝儀袋がある。

「それ、椎葉さんに渡せって？」

「あ、うん。時間がないから渡しておいてくれないかって」

自分と揉めた女二人が顔を突き合わせて、しかも唄やら踊りやらが始まっちまったから入るに入れなくなっただけだろうが。永人は苦い思いで車が消えたほうを見遣った。

夏のほんのひと時ではあるが、檜垣家に滞在して知ったのは一郎太の不在の大きさである。彼はほとんど檜垣の家に寄り付かず、近郊に複数ある妾宅を転々としているようだ。八重子も、詩子も琴音もすでに慣れてはいるのであろうが、それでもどこか捨て置かれている感は否めない。どんなに豪勢で満たされた生活をしていても。そしてかつてはその妾宅の一つが、千佳と永人の住む向島の家だったわけだ。

けれどいつしか、一郎太は千佳に手切れ金を渡して関係を解消していた。男女の間に何があったのかは知らないし知りたくもない。千佳は飽きられたのだというもっぱらの噂だ。ありがちと言ってしまえばそれまでだ。

けれど許せないのは、そうして捨てておきながら、嫡子の蒼太郎が消えるや永人を千佳のもとから引き離したことだ。都合よく切ったりくっ付けたり。俺たちはお前の駒じゃねえ。人間だ。

ぎりぎりと眉根に力が入る。が、そんな自分を見る乃絵の視線に、はっと我に返った。

「わ、悪ぃ。帰るの遅くなっちまったな」

その時、店頭に珠子が飛び出てきた。きょろきょろと左右を見渡してから、

「いたよね」と言う。

「今、檜垣さんいらしてたでしょ。帰った？」

頷くと「そうかァ」と珠子はため息を漏らした。

「会ってかないなんて水臭いヨォ。まったく、あの二人――」

言いかけた珠子が口を噤んだ。おそるおそるというふうに永人を見る。永人は顔をしかめた。

「冗談じゃねえ。いくら珠子姐さんでも聞き捨てならねえな。あんなヤツ、母ちゃんに会わせられるかよ」

珠子の眉が困った八の字になる。「そうだよねェ」と首を傾げながらも、まだ何か言いたそうだ。

「なんだよ。何かあんのかよ」

「んー ん。あたしはさァ、千佳姐さんがいてくれたから芸者続けてるとこがあるからさァ」

いつになく歯切れが悪ぃ。

「だからァここは女の義理でェ、よけいなことは言えないのヨォ」

「……それ、半分しゃべってんのと変わらねえからな？　なんだよ言いたいことがあるなら言えよ、気になんじゃねえか」

「うーん」と小首を傾げた珠子が笑った。どこか寂しげな笑顔だった。

「男の極楽はさァ、女の我慢でできてんのヨォ」

「……」

「千佳姐さんはさァ、そういうの全部全部、ぜーんぶ、うっちゃらかしたの。強いのヨォ姐さんは。あたし、あーんな強い人見たことないワァ」

永人は目を見開いた。

強い。

「それ、どういう——」

「あーっ、もうこれ以上はしゃべらんないヨォ、本当に千佳姐さんに怒られっちまうっ」

そう言うと、ぱたぱたと店の中に戻ってしまう。残った二人は顔を見合わせた。

「なんだありゃあ」

母の強さ。父の言葉。東堂の行動。義兄の言葉。

乃絵の言う通りだ。今日一日で、またたくさんの謎を抱え込んでしまった気がする。

「……帰るか」

「うん。このお祝いを椎葉さんにお渡ししてから」

二人で店を覗いた。酒が入り、音や唄が入り乱れた店内は狂騒のるつぼと化していた。みんなが大口を開け、顔を赤くしている。楽しそうだ。けれど、永人の目には、彼ら彼女らが必死に寄り添っているようにも見えた。

「大人って、思ったより強くねぇな」

つぶやいた永人の言葉に、乃絵が小さく頷いた。

「だとしたら、少しは安心できるね」

「安心?」

「うん。私も強くなれるか分からないから」

率直な言葉に胸を衝かれた。じっと自分を見つめる永人に気付いた乃絵が、かすかに頬を赤らめた。どんと肩を突く。

「なんだよそんなじっと見てさァ、お代をもらうヨォ」

珠子の口真似をした。二人して吹き出す。

夏の光が銘仙と帯の鮮やかな色合いを照らし出す。彼女の笑顔と一緒に華やかに輝いた。

「その着物、似合ってる」

口をついて出た永人の言葉が風にさらわれた。一瞬、目を見開いた乃絵と自分の間を、優しい感触で通り過ぎていった。

翌日、永人は昼前に千手學園に戻った。明日から始まる新学期に向け、学園の正門が開け放たれている。東京の真ん中、深い緑を擁する広大な敷地の中にありながら、千手學園は夏の喧騒から取り残されているように見えた。この夏の裂け目のような場所に、これから生徒たちが戻ってくるのだ。

向島の家から直接歩いてきたせいで、着いたとたんにいっせいに汗が吹き出す。往来の土埃が湿った肌に張り付くようだ。じりじりと頭を真上から炙《あぶ》る太陽の陽射しは、それでも盛夏のひと頃に比べ柔らかくなっていた。永人は、そこかしこから響いてくる地鳴りのような蟬の声を聞きながら、改めて学園の威容を見上げた。

自らの意思でこの学園の門をくぐる日が来ようとは。自分の心の変化の不可思議さにむずがゆくなりながらも、足を踏み入れた。守衛室にいる老爺、三宅《みやけ》と目で挨拶を交わす。

寄宿舎には生徒らの気配がなかった。もしかしたら一番乗りか。おそらく、午後からは続々と生徒らが戻ってくるはずである。永人が早めに戻ってきたのには理由があった。自室に向かい、手荷物の中から小さい木箱を取り出す。千佳から持たされたものだ。中には、乃絵が付けていた白い髪飾りが入っている。

昨日は乃絵とともに一足先に向島の家に戻り、着替えた彼女を学園まで送った。程なく椎葉宝飾店から戻ってきた千佳は（美彌らを含めた珠子たちは、宴席の後にまた違う銀座の飲食店に繰り出したようだ）乃絵が学園の用務員だと聞かされると、しばし考え込む顔つきを見せた。それからこの髪飾りを永人に手渡したのだ。

「事情は分からないけどね。よければ、あの子に持っていてもらいたいんだよ」

持っていても、付けることが叶わない乃絵が喜ぶかは分からない。それでも永人は預かった。

渡すなら生徒がいない時だ。そう思って早めに戻ったのだ。髪飾りを収めた木箱を手に部屋を出た。一階の回廊に出る。そしてぎくりと足を止めた。

東堂が歩いている。もう戻ってきたのか。マズい、と思った瞬間には目が合っていた。

「やあ檜垣君。昨日はどうも。もう戻っているの？　早いね」

「……先輩こそ」

胡散臭いくらい爽やかな笑みだ。永人はとっさに箱を制服のポケットに突っ込んだ。その動作を見咎めるでもなく、東堂が歩み寄ってくる。

「ちょうど良かった。多野さんだけど」

「なっ、なんですカァっ」

「……そんな怖い顔しないでくれよ。僕があの子を取って食うとでも？　心外だなあ」

わざとらしいくらいしみじみと首を振る。永人の顔が熱くなった。

「こ、こういう顔なんですよっ。で、なんですか」

「うん。多野さん、これいるかなと思って」

そう言って東堂が取り出したのは小さい手鏡だった。永人はぎょっと飛び上がる。

「こ、これ……黒ノ井先輩が庭場のお嬢さんからもらったもんじゃないですか？」

「え？　そうなの？　ははーん……」

眉をひそめた東堂が、やがて頷いた。

「どうりで。別荘に来て例の遠坂邸のことを話したと思ったら、いきなりこれを僕に押し付けてきたんだ。やるって」

「あー……黒ノ井先輩、持て余してましたもんねぇ」

「僕の母親でも周囲の女性でも、誰でもいいからあげてくれって。もしくは、僕自身が使えって。やけに強引だなと思っていたら、そういうことか。庭場嬢の」

東堂であれば、幹子の念に勝てるとでも思ったか。

卵形のころんとした手鏡を東堂がしげしげと見下ろす。

「庭場嬢ということは……何かあるね。この手鏡」

「はあ。未来が視えるそうですよ」

永人の言葉に、東堂がぱっと顔を上げた。

「未来？」

「願いをジーッと込めてから鏡を見ると、自分の未来が映るそうです」

「へえ」と、東堂が鏡を見た。が、すぐに顔を上げる。

「こんなきれいな手鏡、僕が持っていてもね。だから多野さん使うかなと思って」

「つっ、使わねえんじゃないですカァ？　だって忙しいし、周りはあいつのこと女だって知らねえし、東堂さんに知られてるってあいつは気付いてねえし！」

どれもこれもまったく理由になっていないが、とりあえずこの鏡が東堂から乃絵に渡ることは阻止したかった。何をこんなに必死なのかは、自分でもよく分からない。

そんな永人を見た東堂が、かすかに目をすがめた。

「必死だね」

「うっ」

「そういえば昨日の多野さん、驚いたよ。とても可愛――」

「可愛かった！　うん、可愛かった！　お天道様もビックリ、天使も驚くってね！」

言わせてなるものか。

こいつにだけは先に言わせてなるものか！

「……あ」

気付くと、東堂の目がさらに細められていた。とたん、永人は罠にかかった子狸のような気分になってしまう。

「檜垣君。それ、本人にちゃんと言ったのかな？　可愛いって」

「女性は言葉にしてあげると、ことのほか喜ぶものだよ。言わずとも伝わるだろうなんて考えは、男の怠慢だね」

「ううっ」

アンタだってたかだか数えで十七の子供だろうよ！

しかしご説はごもっとも、反論できない。

肩をすくめた東堂が鏡を制服のポケットに戻した。

「まあいいや。僕もこの鏡、使わないって影人に突っ返すこともできたんだけどね。一緒にあるものも渡されたから、どうにもこれだけ返すことができなくなって」

「あるもの？」

「面だよ」

遠坂邸で、一味の女中が持っていた蒼太郎の面のことだ。白首に持ち去られて、東堂が気に病んでいたもの。

「影人もなかなか策士だよ。さすがの僕も、あの面を取り戻してくれた彼に渡されたら、この鏡だけ返すわけにもいかない」

「さすが黒ノ井先輩。やり方を心得てますね」

「ただ、あの面――」

つぶやいた東堂の顔が翳《かげ》る。が、すぐにその翳りを振り払い、永人を見た。

「考えてくれた？　昨日の」

「潯陽のどうたらってやつですか。あんなの、分かるわけがないですよ」

「そうだよねえ。じゃあ、蒼太郎と檜垣君の名前が同じというのは？」

「それこそ分からねえですよ！　蒼太郎と永人？　どこに共通の要素があります？」

「これが解ければ、〝僕を捜せる〟……つまり、先の〝潯陽の川のほとりを捜せ〟という言葉の意味が解けるって蒼太郎は言っていたらしいのだけど。張先生にも、まるで説明はなかったようだ。ただ、僕が会いに来たらそう伝えてくれと」

やはりこの謎の言葉の主は蒼太郎だったのだ。

すっと東堂が永人から離れた。回廊を階段のほうへ歩き出す。見送る永人を肩越しに振り向いた。

「何か分かったら教えてくれよ檜垣君。もしもこの謎を解いてくれたら……君は、僕に大いなる貸しを作ることができる」

貸し借りかよ。そうぼやく間もなく、回廊から東堂の姿が消える。ちえっ。永人は頭をかいた。

腹の底が見えない腹黒生徒会長ではあるが、あの寂しそうな背中は本物であろう。あんな姿を見せられて、知らんぷりできるほど冷淡でもない。

黒ノ井も同じなのだろうな。知らず、ため息をついていた。

何を企んでいるのか今いち摑めない。だけど放っとけない。永人は腕を組み、義兄が残したという言葉を反芻した。

潯陽の川のほとりを捜せ。

蒼太郎と自分の名前が同じ――

「檜垣君！」

声が上がった。

回廊を作務衣姿の乃絵が駆けてきた。

ほうきを片手に、息を弾ませている。額には汗がうっすらとにじんでいた。生徒らが戻ってくる今日は朝からてんやわんやのはずである。

「もう戻ってきたんだ？　昨日はありがとう」

真っ直ぐな声音が回廊に反響し、永人まで届く。目の覚めるような快活な響きが、指先からつま先までじんと染み渡るようだ。

「お前そんなでけぇ声出すな。東堂がいるんだぞ」

「えっ？　もう戻ってたんだ？」

あわてて乃絵が口をふさいだ。怖々気配を窺ってから、そっとささやいてくる。

「昨日はありがとう。父さんと母さんも後でお礼を言わせてくれって」

「そっ、そんなん気にすんな。多野さん、忙しいんだからよ」

「鮭の切り身、大きめの選ぶからね」

お礼代わりのまかない賄賂か。永人は苦笑しつつ続けた。

「あー、だったらよ。多野も考えてくれよ。昨日、東堂が言ってたこと」

「〝潯陽の川のほとりを捜せ〟ってやつ？……それって、もしかして檜垣蒼太郎さんが言ってたことなの？」

昨日の会話を聞けば、薄々察せられるはずである。頷くと、乃絵はほうきを持ったまま腕を組んだ。

「ということは、蒼太郎さんは、自分の名前と檜垣君の名前が同じだって言ったってこと？　どういうことなんだろうね、それ」

「そこなんだよ。蒼太郎と永人じゃまったく似ても……あ、そうだ。これ。忘れねぇうちに」

ポケットに入れていた箱を急いで手渡した。そっと蓋を開けた乃絵が目を見開く。

「これ……もしかして昨日の」

「母ちゃんが、お前……多野に似合ってたからって。よかったら」

真っ白い花の髪飾りを見つめる乃絵の瞳が震える。上気した頬に、さらなる赤みが宿った。

「嬉しい」

「そ、そうか？　喜んでもらえてよかった」

「こんなきれいな白い色……もったいなくて付けられない。すぐ汚れちゃいそうで」

手の中の白い花を見つめる乃絵がつぶやいた。

「白い色にも、たくさんの名前があるじゃない。胡粉《ごふん》色とか、月白《げっぱく》とか……でもこの白は、純白。真っ白。すごく嬉し――」

言いかけた乃絵が顔を上げた。永人をまじまじと見る。

「ねえ。名前」

「え？」

「檜垣君……もとの姓は御空だよね。昨日、向島のお宅に伺って初めて知ったけど。〝みそら〟って色の名前にもあったよね。珍しい名字だなって印象に残ってたんだ」

色の名前。永人は息を呑んだ。

「そういえば……御空色って、確か」

「青色」

はっと二人は顔を見合わせる。

「蒼太郎の〝蒼〟！」

同じというのはこういうことか？

だが、色の名前がなんだというのか。それがどう〝潯陽の川のほとりを捜せ〟に繋がるのか。

またも乃絵が腕を組む。

「潯陽ってあまりに唐突だよね。だから例えば民話とか、そういう有名なお話のことを示しているとか？」

「なるほど！　確かにそれはあるな」

「もしくは……東堂さんと蒼太郎さん、二人の間だけで交わされていた話なのかも」

「うーん。そうなると俺らには分からねえな。それに色の名前が鍵だって分かったからって、どこを捜せばいいんだ」

「あっ」乃絵が小さく叫んだ。口を開け、考えた顔つきで宙を見る。

「色の名前……」

「どうした？」

「二階。二階の部屋！」

二階？　永人は首を傾げた。

「二階って、この寄宿舎の二階？」

「そう！　部屋の名前……全部色の名前なんだよ！」

とっさに、慧と昊の母の名前と同じだという『若菜』を思い出した。

「え？　『若菜』とか『紅鳶』とか」

「この寄宿舎、階ごとに部屋の表記が違うじゃない。だから分かりやすいんだけど。二階の部屋の名前はなんだろう？と思って、父さんに訊いたことがあるのね。そしたら、〝あれは全部色の名前なんだよ〟って」

急に何かが見えてきた。その感覚に、図らずもワクワクする。

「じゃあ……〝潯陽の川のほとりを捜せ〟ってのは、何か色を示している？」

「そうなるね」

しかし、それ以上はいくら頭をひねっても出てこなかった。とうとう、乃絵がほうきを握りしめたまま「分からない！」と叫ぶ。

「悔しい～ここまで分かったのに」

「いや。でも、色のことに気付いただけでもすげぇよ。これでもしも蒼太郎の言葉の謎が解けたら……少なくとも半分は貸しにできる」

「半分？」不思議そうな顔になった乃絵に背を向け、永人は回廊を駆け出した。

「檜垣君？」

「ありがとう多野！　あいつに貸しを作ったら、アイスクリンでもなんでもおごる！」

反響する自分の声に押され、階段を駆け上がった。

晩夏を惜しんでいるのか、蟬の声がいっそう高くなった気がした。

四階にある東堂の部屋の扉を叩いた。『懲罰小屋事件』について話した時以来だ。扉を開けた東堂は、前回と同じく静かに笑んで永人を部屋に迎え入れた。自分が普段使っている椅子に座って足を組み、後輩を見上げる。

「もしかして、言葉の謎が解けたとか？」

そこで乃絵が気付いた色の名前について話すと、東堂は目を見開いた。

「色の名前……なるほど。檜垣君の旧姓には思い至らなかったな。そうか、そういえば君のご母堂のお名前は御空さんだったね」

先日、母が千手學園を訪れた際、段取りをつけてくれたのは東堂自身だった。

しきりに感心したように東堂が首を振る。

「しかし君の旧姓を偶然知ったとはいえ、そこに気付くとは。多野さんはやはり頭がいい」

むず痒くなるのを感じながら、永人も続けた。

「で。だから例の潯陽がどうのってのは、色の名前を示しているんじゃねえですか？　思い当たりません？　なんか民話とか、二人で話してたこととか」

「うーん……？」

眉根を寄せた東堂が顎に指を当てる。二人の間で交わされた会話の記憶を手繰り寄せているようだった。幼馴染みだということだから、その量は膨大なはずである。

広哉は、蒼太郎のことしか信用していない。黒ノ井の言葉が脳裏をよぎった。

確かに、彼らの間に交わされた言葉、思い出の数々に今は太刀打ちできないかもしれない。けれどそれは、あくまで「今は」なのではないか。

これから先、自分たちは誰とどれだけの長さの時間をともにするか、まったく分からないではないか。現時点で東堂が一番信用しているのが蒼太郎だったとしても、明日は分からない。ひと月後、一年後、十年後も分からない。

未来は一つの色ではないのだ。どう染めることもできる。変えられる。

ふと、机の上に薄い冊子が置かれていることに気付いた。黄ばんだ紐で綴じられた手擦れだらけの古いものだ。永人の視線に気付いた東堂が「ああ」と声を上げる。

「秋の千手學園祭で上演する芝居の脚本だよ」

「芝居、ですか」

「そう。千手學園祭では毎年、必ず同じ芝居を上演する。もちろん配役は年ごとに違う。言わば、その時々のヒエラルキーを反映したものなのだけど」

「へえ。千手學園の十八番みてぇなもんか。そういや多野が、東堂先輩は歌舞伎より能のほうが好きそうだって言ってましたけど――」

言葉を呑んだ。

突然、東堂が立ち上がったからだ。椅子が音を立てて倒れるが、彼はまったく気にする様子がない。

「能――」

「え？」

「能……濤陽！　色！　そうか！　そういうことか！」

電気が通ったみたいに、一人でべらべらと喋り出す。永人には何が何だか分からない。

そんな永人の両腕を東堂が両手でがしりと摑んだ。一見、華奢な手をしているくせに、万力のような力で締め上げてくる。

「分かった。分かったよ、蒼太郎が捜せと言っていた場所が！」

「ハア？」

「ありがとう檜垣君。この恩は忘れない。ああ、多野さんにもそう伝えてくれ」

そう言うや、部屋から飛び出していった。回廊を駆け抜ける足音が遠ざかる。永人は啞然とその場に立ち尽くしていた。

あんなあわてている東堂を見たことがない。まるで子供みたいだ。義兄は果たして、どこを捜せと言っていたのか。

「――」

生きてる？

不意に、確信にも似た戦《おのの》きが全身を貫いた。

彼と駆け落ちしたと見られる阿田川雪子。同伴の青年とともに、事故に遭ったという新聞記事。

もしも死亡したとされる青年が蒼太郎ではなかったら？　そしてそれを、檜垣一郎太は最初から知っていたとしたら？

蒼太郎が欺いた千手學園の生徒たちの中に、東堂と黒ノ井も入っていたのだとしたら？

「……」

嘉藤友之丞の言葉を思い出す。

――選ばざるを得ない事態っていうのはある――

――僕らが自分の意思で選べることなんて、ほんの少しだ――

「義兄《にい》さん……あんた、今どこにいるんだ……？」

問いが東堂の部屋の中に消えていく。静まり返った室内に届く蟬の声は、いつしかずいぶんと遠くなっていた。

これは唐土かね金山の麓。揚子の里に高風と申す民にて候——

＊

その能の演目の内容はこういうものだ。

中国、揚子の里に住む高風という親孝行の酒売りが、いくら酒を飲んでも顔色を変えない不思議な客と出会う。ある夜、高風がその客のために酒を携え、向かった先が〝潯陽の川のほとり〟だ。

無人の寄宿舎内を広哉は走った。

目指す部屋の前に立つ。二階の北向き、寄宿舎内でももっとも日当たりが悪いことから、生徒数が満杯にならない限り使わない部屋である。事実、今もこの部屋は空室だった。

「……ここだったのか」

うなった広哉は、部屋の名が書かれている木札を見上げた。

『猩《しょう》々《じょう》緋《ひ》』

能の演目は『猩々』。高風が出会った奇妙な客は、この猩々と呼ばれる異形のものだったのだ。猩々は猿の仲間という説もあるが、演目に出てくる猩々は慶賀をもたらす愉快な存在として描かれている。〝猩々緋〟は鮮やかな深紅色で、猩々の血の色とも言われている。

中に入った。多野一家が定期的に清掃してくれてはいるが、あまり使われていないせいで空気が淀んでいる。息苦しくなった広哉は部屋の窓を開けた。とたんに吹き込む風が、溜まった暑さを吹きさらってくれる。

据え付けの寝台と学習机、本棚がそれぞれ一つずつ左右対称に置かれている。寄宿舎の居室の構造はどこも同じだ。広哉は慎重に寝台や机の奥、本棚まで動かして何かないか捜してみた。

蒼太郎はここに何かを残したはず。僕に宛てて。昨日、数か月ぶりに顔を合わせた張の言葉を思い返す。

――本当にアナタが会いたい言ってくるとは思わなかった。ソウタロウ君、ボクに言ってました。

「いつか、広哉があなたを訪ねてくるかもしれません」

ソウタロウ君の言葉、当たった。アナタの性格、よく分かってる？　もしくは……ミライを透視できる、能力？

ボクが彼からアナタに伝えてほしい言われたの、先ほどの二つの言葉だけ。

「僕を見失ったら、潯陽の川のほとりを捜せ」

「僕と義理の弟の名前は同じなんだ。この意味が分かったら、僕を捜せる」

ボクにも、意味、分からない。ただ、父親のヒガキ氏にも決して言うな、約束した。それに、もしも君が会いに来なかったら、忘れろ、言われた。

それにしても、ソウタロウ君とアナタ、優秀な生徒だった。特にソウタロウ君。彼は耳がとてもいい。違う言語、現地の人間と変わりなく話せる、あれはすごい。才能。

彼がどこへ行ったか？　さあ。

でも、アナタとソウタロウ、よく話をしていた。

〝僕たちが、この国の未来を作る〟

彼は、もしかしたらその〝未来〟に、一足先に行ったのではないですか——

「未来」

うなった。

そう口にしていれば、何かを果たした気にさせる言葉。彼が消えてから、この言葉はますます茫洋と摑みどころがなくなった。彼が死んだと知ってなおさら——

学習机の引き出しをさらい、天板の裏側まで見た。椅子をひっくり返してもみた。寝台をも移動させ、壁から床まで見た。けれど手紙らしきもの、伝言らしきものは何もない。ただの空っぽの居室だ。全身から汗が噴き出てくる。顎の線を汗がしたたるたびに、手の甲で拭った。こんなに汗をかいたのは久しぶりだ。

「くそっ」

人前では到底口に出せない悪態をつく。ここではないのか？　そもそも、彼が何かを残したということこそが間違いか？……いや。それはない。でなければ、檜垣一郎太には内密に、張にあの言葉を託したりはしない。

「……」

手紙や写真の類ではないのか。考えてみれば、後々騒ぎになるかもしれないものをあの蒼太郎が残すとも思えない。この部屋だって、滅多に使わないとはいえ、いつ生徒が入るか分からないのだから。

パッと見て伝言とは気付かないものか。〝捜せ〟。何を？

汗みずくになって捜し回っても、広哉はそれらしいものを見つけることができなかった。何をやっているんだ。我ながら、自分の行動の愚かしさに呆れてしまう。

あるかどうかも分からないものを必死に求めるなんて。

こんな非合理的で無駄な時間、なんになる？

「ああっ、蒼太郎のヤツ！」

離れてもなお、振り回される。なんなんだ。ふざけるな！

とうとう力尽き、空の寝台の上に仰向けにひっくり返った。窓越しに届く光は、直射しない分だけ柔らかかった。埃がキラキラと輝きながら舞う。舞台女優がまとう衣裳みたいだな。そう思った広哉は、ふと阿田川雪子の顔を思い出した。

蒼太郎が浅草の芝居小屋に通っていたのは知っていた。しかし、だからといって舞台女優に入れ上げるなんて、広哉にとっては青天の霹靂《へきれき》だった。しかも相手はかの無政府主義者、辛島馨《からしまかおる》と惚れた腫れたの浮名を流していた恋多き女だ。その上、すべてを捨てて彼女と逃げたいと言われた時の衝撃たるや。女の色香に中《あ》てられて目玉と脳みそが瀬戸物になったのか、もしくは妙な催眠の術でもかけられたか？と本気で訝ったくらいだ。

お前は僕と一緒に、この国を支える男になるのではないのか？ずっと、幼い頃からそう語り合ってきたのではないか？

「……」

けれど、広哉は内心では分かっていた。

蒼太郎は、政治の世界に自分が向いていないことを知っていた。穏やかで、人の心の機微を敏感に察してしまう彼に、あの世界は酷薄に過ぎた。本当は檜垣の名の重圧から逃げたがっていたのだ。しかし広哉は、そんな彼の苦悩を見て見ぬふりをした。家を継ぐ男に生まれたとはそういうことだ。いやだと言ってそれがまかり通っていたら、我が国は衰退の一途を辿る——

「くだらん」

知らず、つぶやいていた。声が無人の室内に小さく響き、消え入る。

何が我が国だ。本音は、陸軍閥を歩む以外に選択肢がない自分と一緒に生きてほしかっただけだろうが。蒼太郎が女と逃げたいと言い出した時、そのことをまざまざと突き付けられた気がした。自分の脆さを今さらながらに知らしめられた。

だから彼を失踪という形で逃がすことを決意した。何があろうと必ず千手學園から〝失踪〟させてやると。

女と逃げたとバレるよりは、失踪にしたほうが世間体がいい。

この企てにより、檜垣一郎太の弱みを握れる。

あらゆる打算が動いた。蒼太郎がいなくなる。ならば自分は、混沌を極める世の中において、好きにこの国を動かしてやろう。

必ず、頂点に上り詰めてやろう。

それ以外に、未来の絵図が描けなくなっていたのだ。

「それなのに」

死んだだと？　女と逃げた挙句に？　あの蒼太郎が？

バカな！

「――」

雲がよぎったのか、室内に射す光がわずかに揺れ動いた。光と影が漆喰《しっくい》の天井でうごめく。その動きを見ていた広哉は、ふと一隅に気付いた。

模様のようなものが見える。彫刻刀か、あるいは針金のような細いもので切り込みを入れたのか。起き上がった広哉は何かが刻まれている天井の真下まで学習机を動かし、靴を脱いで上った。手で触れてみる。やはり、何かが刻まれている。

直線と四角、曲線が組み合わさったもの。記号？　図形？　もっと間近で見ようと伸び上がった時、机がぐらりと動いた。「！」あわててしゃがみ込み、転倒を免れる。が、屈んだ拍子にズボンのポケットに入れてあったものが床に転がり落ちた。
鏡だ。
「……」

慎重に机から下り、影人が庭場嬢からもらったというその鏡を手にとった。幸いにも、鏡面にも裏の螺鈿細工にも傷は付いていなかった。広哉は映り込んだ自身の顔をじっと見下ろした。

願いを込めてから見ると、未来が映る――

しばし見つめてから、再び机に上った。天井に刻まれた模様の左横にその手鏡を垂直に立ててみる。

刻まれていた線が鏡に映り込む。鏡をゆっくりと移動させ、線の端から端まで映し出す。天井、そして鏡面の中に映った線が繋がり、意味のある形となって浮かび上がる。広哉は目を見開いた。

『再見《ツァイチイエン》』

＊

昼過ぎになると、帰省していた生徒らが続々と帰ってきた。夏の気配が遠のくと同時に、学園に活気が戻ってくる。

「檜垣！」

中庭にいた永人は名を呼ばれて振り返った。黒ノ井だ。遠坂邸で会った時より黒くなったように見える。

「日に焼けました？」

「あ〜湖だの山だの行ったからな」

「カーッ優雅なご身分ですなあ」

その時だ。

「影人！」

頭上から大声が降ってきた。寄宿舎中に響き渡るほどの声量に、周囲を歩いていた生徒らもぎょっと声のほうを見る。

東堂だ。二階の手すりから身を乗り出し、手に持っているものを振って見せる。「あれは」黒ノ井が目を見開いた。

「お前のおかげだぞ！」

そう叫ぶと、彼の姿が引っ込んだ。どうやら中庭に下りてこようとしているらしい。人目をはばからない大声、稚気に満ちた行動。普段の彼らしくない姿に、思わず永人は黒ノ井と顔を見合わせた。

「ど、どうしたんですかね。あの人。なんか様子がおかしくないですか？」

「今、あの手鏡持ってたよな？」

「ですねぇ。やっぱり先輩に返すつもりなのかな」

「ええっ」あわてる黒ノ井が逃げ出す間もなく、東堂が中庭に現れた。その姿を見て、二人はぽかんとした。

あの東堂広哉が汗と埃で汚れている。ワイシャツの襟元が乱れ、裾は半ばズボンからはみ出しかけていた。いつもの端整な彼からは想像もできない恰好だ。しかも満面の笑み。

「檜垣。あれは広哉だよな？」

「俺の目にもそう見えますね」

「本物か……？　それとも狸が化けたか？　もしくは変な電波に中てられておかしくなったか？」

逃げ腰の二人のそばに東堂が駆け寄ってくる。あの手鏡を黒ノ井の胸に押し付けた。

「わーっ」と黒ノ井が両手を上げる。

「勘弁してくれ、幹子嬢の念に加えてお前の怨念まで込められた鏡を返されたら」

「は？」東堂が眉をひそめた。

「何を言っているんだ？　僕はお礼を言っているんだぞ。お前と、幹子嬢のおかげだって」

「え、え？」

「すごいぞ。この鏡、未来が視えた！」

「……」

　これはマズい。

　千手學園の総統、東堂広哉がおかしくなった！

「ま、まさか……これは幹子嬢の呪い……」

　青ざめた顔でうめいた黒ノ井が、東堂の両腕をガッシリ摑んで揺さぶった。

「しっかりしろ広哉！　お前がおかしくなったのは俺の責任だな？　鏡をお前に押し付けたりしたから……！　正気に戻れ広哉！」

　やけに真剣な顔で相棒の身体をガクガク揺さぶる。なんだこれ。永人は呆気に取られて学園の双璧が向かい合う様子を見ていた。帰省先から続々と戻ってきた生徒たちも、何事かと遠巻きに三人を見ている。

　鼻の頭を黒くしたままの東堂が（顔を汚している東堂広哉。初めて見た！）目をすがめた。

「さっきから何をわけの分からないことを言っているんだ？　僕は至極正気だが」

「え、ええ？　だって未来がどうとか」

「その通りだ。僕は今、未来を見てきた。……影人。あいつは生きている」

　あいつ。黒ノ井も、そして永人も息を吞んだ。

「あいつ……ま、まさか」

「ああ。思うに、僕もお前も謀られたんだよ。蒼太郎と……檜垣一郎太に」

黒ノ井が目を見開く。言葉を失う相棒に構わず、東堂は一人で滔々《とうとう》と話し出した。

「ここからは僕の想像だが。あいつは何らかの使命を負って姿を消す必要があった。家族にも、友人である僕たちにも目的を知らせないまま。表向きは謎の失踪、僕たちには女優との駆け落ちという煙幕を張って」

「なぜ、そんな」

「人一人、完全に消息を消すのは難しい。蒼太郎は、世間や自分の母親と姉らは失踪ということでごまかせても、僕のことは欺けないと思ったのかもしれない。ただの失踪であれば、いつまでも諦めずに自分の行方を追うだろうと。だからあんな、女優との駆け落ちなんて突拍子もない理由を持ち出したんだ。僕に、失望してほしかったんだよ」

「……」

「それでもいつか自分の行方を捜すかもしれない。その時のために……彼は僕に伝言を残していた」

〝再見〟

「天井に？」その言葉が残されていたという場所を聞いて、永人も目を丸くした。

「二階の『猩々緋』って部屋の天井に、その文字が刻まれていたんですか？」

「そう。わりと大きく刻まれていたけど、注意して見なければ単なるひっかき傷だ。しかもすぐには気付かれないよう、文字の右半分しか刻まれていなかった」

「右半分……あ。だから鏡？」

「間に鏡を立てて読むんだ。『再』と『見』は、左右対称と言えなくもない形の文字だから」

そんな文字が本当に刻まれていた？　驚く永人の眼前に、東堂がずいと踏み出した。

「檜垣君。君と多野さんが〝色〟と〝能〟に気付いてくれなければ、あの部屋には辿り着けなかった。ありがとう。改めて礼を言うよ」

〝潯陽の川のほとり〟だの、〝名前が同じ〟だの、これらの手がかりをかつての中国語教師に託していただけでも、蒼太郎が意図的に伝言を残していたことは明らかだ。

真剣な顔つきになった黒ノ井が口を開いた。

「本気か？　広哉。あいつは本当に……〝いつか会おう〟と告げて姿を消したと？」

「ああ。僕の信頼を裏切った挙句に女性と逃げたのなら、あんな伝言を残したりはしない」

「お前の希望的観測ではなく？」

二人の間に、静かな火花が散ったのが見えた。永人は思わず息を呑む。

中庭の周囲を、夏の名残りを引きずった生徒らが駆け抜けていく。その真ん中で、ここにいる三人だけが時間を止め、置き去りにされているかのようだった。

「……ああ」やがて、東堂がつぶやいた。大きく頷く。

「僕には分かる。蒼太郎は生きている。僕を待っている」

迷いのない、強い声音だった。そんな東堂をじっと見つめていた黒ノ井の顔に、次第に苦笑いの表情が広がる。

「分かったよ。お前が言うならそうなんだろう。俺たちはつまり、檜垣伯爵を欺くつもりで、まんまと嵌められてたってわけだな」

「その通りだ。向こうのほうが一枚も二枚も上手だった。うかつだったよ。首尾よく蒼太郎を学園の外に出せたから、つい慢心してしまったんだな。こんな何重にも仕組まれたカラクリだったとは」

そう言うと、東堂は考える顔つきで腕を組んだ。顎を指でとんとんとつつく。

「二度とこんな真似はさせない」

表情の怜悧《れいり》さに、普段の東堂らしさが戻ってきている。黒ノ井だけでなく、なぜか永人も笑いたくなった。

いいぞ。千手學園生徒会長、東堂広哉はこうでなくちゃな。

「で？　蒼太郎はどこにいるとお前は考えているんだ？」

黒ノ井の問いに、東堂は間髪を入れずに答えた。

「支那――中華民国」

中国。黒ノ井が眉をひそめた。

「なぜそう思う？」

「先の日露の大戦を見ても分かる。あの大国を制するものが世界を制する。今や、世界は中国を奪い合っていると言っていい」

「……」

「だが、この情勢に伴い、中国内にもあらゆる動きが見られる。抗日運動も盛んになりつつある。僕は……蒼太郎は、間諜としてあの国に送り込まれたのではないかと思っている」

「間諜」黒ノ井がうめいた。永人も言葉を失う。世界の大きさが、きな臭さが、突然身近に迫ってきたように感じる。

真相。父の一郎太が言っていたことはこれか。蒼太郎は女優と駆け落ちしたわけではなく、間諜として他国に潜入したのか。

〝同伴青年の死亡〟を知った一郎太が平然としていたのは当たり前だった。最初から蒼太郎ではないと分かっていたからだ！

永人はぞくりとした。

なんと周到な。

相手国に潜伏してあらゆる情報収集をする間諜。この情報戦こそが戦争、ひいては国家の行く末を左右する。重要でありながら、決して表立ってはならない存在だ。一郎太と蒼太郎だけではない。この件には、果たして上層部の誰が絡んでいるのか見当もつかない。

思わぬ展開に困惑する永人をよそに、東堂がやけに明瞭な声音を上げた。

「僕と蒼太郎は、数年前から中国語を習うよう父や檜垣伯爵に求められていた。当時は情勢からして妥当と思っていたのだが、その時から間諜として育てることを目的にしていたのかもしれない。今思えば……張先生は中国語以外に、ずい分と熱心に地理や歴史、現地の情勢についても教授してくださったんだ。だから、あの人も蒼太郎について何か知っているのではないかと」

それで義姉の詩子を介して会おうとしたのか。しかも、この東堂の予想は当たっていたと言っていい。

東堂と張が会っていたことが檜垣一郎太に知られていた。おそらく張が告げたのだ。そうなると、張は蒼太郎失踪の真相に深く関わっていると考えざるを得ない。

「じゃあ……もしかしたら蒼太郎ではなく、お前が間諜として中国に送り込まれていた可能性も？」

「可能性としては十分あり得る。どうして僕ではなく、蒼太郎になったのかは不明だが」

本人は平然と言ってのけるが、黒ノ井は複雑な顔を見せた。それはそうだ。こんな重大な案件に、まだ十代の、しかも友人の少年が直面しているという現実はなかなか受け入れ難い。黒ノ井が首を振り、ため息をついた。

「確かに蒼太郎はどこか達観した雰囲気があるヤツだったけど……下手したら命に関わることだぞ。危険過ぎる」

「だから僕たちが行くんだよ。影人」

黒ノ井が顔を上げた。訝しげな相棒の顔を見て、東堂がにっと笑う。

「あいつは言わば、あの大国で眠れる火薬となって潜んでいるんだ。その火薬を見つけ出し、大砲に込めるのは誰だ？　僕とお前じゃないか。あいつは、あの国で一足先に僕たちを待っているんだ、影人！」

「……」

「さっき、未来を視たと僕は言ったな？　僕は必ずやこの国の頂点に上り、あの大国の暴利を貪らんと群がる他国を排除する。そうして国内外を平らかにすれば蒼太郎は戻ってこられる！　僕とともにそれができるのはお前しかいない。手伝ってくれるな？　影人！」

そう言って目を輝かせると、東堂は黒ノ井のほうへずいと迫った。そんな彼を、黒ノ井はまじまじと見つめ返した。

「……分かってるか？　広哉。これからの時代、人の上に立つということは……とてつもない破壊を是とすることもある。世界は変わっている。あらゆるものが強く、大きくなろうとしている。だけどそれに伴い、人々の悲劇も大きくなっていくだろう。それを呑み込んでなおも邁進《まいしん》するということは、灼熱の火の玉を呑み込むのと同じことだ。それでもお前は、人の上に立ち続けられるか？」

遠坂邸での武器製造の話を思い出す。

一分間に何百人も。

いいや、もしかしたら、この先、それ以上の人数が——

相棒の瞳を真っ直ぐ見つめ返していた東堂が、かすかに唇の端を上げた。

「お前には、黒ノ井製鉄の溶鉱炉の火を落とすことができるのか？」

黒ノ井が目を見開いた。とたん、その身体からふっと力が抜ける。呆れたように首を振る姿には、葛藤を通り越した開き直りが見て取れた。

「俺はずっとお前のことを、軍閥の出自という責任と重圧を呑み込んで生きているんだと思っていたが」

「……」

「どうやら勘違いだった。お前は、自分のやりたいように生きていたんだな。お前の描く未来には、お前と、蒼太郎と」

「お前もいる。影人。僕の描く未来には。欧米列強の押し付けるあらゆる不平等を退け、我が国の覇権をさらに強固なものとし、ひいては亜細亜《アジア》諸国の安定を目指す！」

話がどんどんでかくなる。本気か？　それとも戯言《ざれごと》か？

しかし、そう語る東堂の背筋がピンと伸びていくのが分かった。全身を太い芯で貫かれたかのように、強固で揺るがない。青年に片足を突っ込んでいるこの少年が、ますます『東堂広哉』として進化した。永人は蝶の孵化《ふか》を見るような気分で東堂を眺めた。

「……いや。蝶はキレイ過ぎるか。蛇の脱皮かな」

そうつぶやきつつも、永人は確信した。

こいつは本気だ。本気でこの国の頂点に躍り出て、国内外をも動かすつもりだ。そうして、檜垣蒼太郎を迎えに行くつもりだ――

「おや。もしや汚れてしまったか」

やっと気付いたのか、東堂が自らを見下ろして白いシャツに付いた汚れを払った。黒ノ井が呆れた口調で言う。

「かなりひどいぞ？　さっさと顔を洗って着替えたほうがいい。いくらなんでも、その様子じゃあ東堂広哉の権威が下がるってもんだ」

「そんなにか？」

首を傾げた東堂が、手にしていた手鏡を覗く。「ああ」と顔に付いた汚れを手で擦ってから、黒ノ井を見た。

「この手鏡、僕が大切に持っておくよ。何しろ、〝未来〟を映してくれたからな——ああそうそう。お前と檜垣君が取り戻してくれた例の面だけど。あれは、もしかしたら贋物《にせもの》かもしれない」

「えっ？」

顔をしかめた永人と黒ノ井をよそに、東堂は平然とした顔つきでシャツに付いた汚れをぽんぽんとはたいた。

「よく出来てはいたが……僕の持っているものより精緻さに欠ける。確かに、あの面を作った神木信造《かみきしんぞう》は試作段階のものを売り払ったということだけど、彼の細工にしては雑な気がするんだ」

「てぇことは、まさか」

白首は神木信造が作った蒼太郎の面を、さらに別の職人に作らせたということ？

そしてあの悪党の手に、まだ面が残っているのかもしれない？

「やることが山積みだな」

何一つ事態は解決していない。それなのに、東堂の声は清々と楽しげだった。吹いた風が中庭を駆け抜け、その声を、そして淀んでいた空気を吹きさらっていく。風の方向を見遣った東堂の目が輝いていた。……ああ。永人は気付いた。

やっと、この人の時間が動き出したんだな。

〝未来〟に向けて。

風を追っていた東堂の目が永人に向けられる。ぽんと肩を叩かれた。

「僕たちはひと時も立ち止まってはいられないね。これからもよろしく頼むよ。檜垣君」

「……何を頼まれてんのかイマイチ分かりませんが。まあお手柔らかに」

永人の言葉に、東堂は快活な笑みを見せた。そのまま、きびすを返す。

「行こう影人。ところで、早速だが――」

「千手學園祭について、だろ？　年に一度、その年度の生徒会の手腕が問われる一大行事だからな。ぼやぼやしていられない」

相棒の切り返しに、東堂がかすかに目を見開いた。すぐに唇の端を上げ、不敵に笑う。

「さすが副会長。頼りにしてる」

「ああ。知ってるよ」

二人が肩を並べて去っていく。果たして黒ノ井自身の屈託は解消されたのか、永人には知る由もない。が、それでも彼は東堂と一緒にいると決めたようだ。東堂の描く〝未来〟に、彼も何かを見出したのだろうか――

「あーっ、永人くぅん！」

元気な声が寄宿舎に反響した。振り向くと、手を振る慧、それに続いて昊が中庭に入って来る。二人とも黒ノ井と同様に日に焼け、少しふっくらしたように見える。

「会いたかった〜会いたかった永人君！」

飛び跳ねるような足取りで駆け寄ると、慧が抱き付いてくる。昊がそんな兄の姿に苦笑いしながらやってきた。

「久しぶり檜垣。夏休みはどうだった？」

「おう。まあまあかな。悪くなかった」

「ホント？　僕たちも楽しかった！　ねっ昊」

振り返った兄に昊が穏やかに頷き返す。今年の墓参りの天気はどうだったのかな。そんな疑問がよぎるが、永人は訊かないでおいた。

「あ、多野さぁん」

すると、回廊の奥から現れた乃絵を見て、慧が手を振った。昊もはっと目を見開く。三人を見た乃絵がほうきを手に中庭に出てきた。

「お帰りなさい！　わー。二人とも日に焼けたねえ」

「え？　そうかな？　そうかな」

自分の両腕を交互に見た慧が、昊の脇をつついた。とたん、ピンッと昊の背筋が真っ直ぐに伸びる。乃絵に向き直った。

「あ、あのっ。お土産があって」

「え？」

「父の実家にも帰省したから……お、岡山なんだけど。き、きび団子」

「えっ。私に？」

目を見開いた乃絵の表情に、昊が赤くなった。急いで永人のほうへ顔を振り向ける。

「檜垣にもあるぞ！」

「オマケか俺は」

「昊、二人にお土産買って帰るんだって張り切ってたんだよ〜」

「慧っ」

「ありがとう。嬉しい！」

四人の声が軽やかに寄宿舎の壁に反響し、降り注いでくる。このままでいられたらいいのにな。永人はそんなことを、ふと思った。

このまま、ずっと笑い合っていられればいいのに。

〝未来〟なんて得体の知れない化け物の手が及ばないところで、ずっと——

「……」

そんなわけにはいかねえな。永人は苦笑いした。

いくら逃げても、道の向こうに立ちふさがっているのがこの化け物だぜ。だったら、少しでも戦えるよう、強くならねえと。

「そういえば、東堂先輩と黒ノ井先輩も戻ってたね。なんだか真剣な顔で話をしてたなあ」

「ああ。それ、あれだろ。秋にある千手學園祭のことじゃねえの。なんかえらい大事な行事なんだろ？」

慧と昊、そして乃絵が納得顔で目を合わせる。この四人の中で、千手學園祭を知らないのは永人だけだ。

「うん。生徒たちの保護者も来るし」

「招待されたお客様も来るし」

「学園運営に関わっていない全国の千手一族も来るし」

「どんだけ来るんだ！」

永人が想像していたよりずっと大変な行事のようである。浅草の三社祭のようなものか。

すると、慧が目を輝かせて身を乗り出した。

「でもやっぱりあれだよね。毎年必ず上演するお芝居！」

「ああ」と昊が顔をしかめる。

「〝不吉な戯曲〟だろ」

「不吉？」

思いがけない言葉に、永人も眉をひそめた。

「不吉ってなんだ。縁起の悪い芝居なのか？」

「そういうわけではないけど」昊が口ごもる。が、反して慧はますます嬉しそうにはしゃいだ声を上げた。

「その芝居に関わる生徒たちに、悪いことが起きるんだよねっ」

「必ずってわけじゃないだろ。たまたまだ」

「でもぉ、去年のこともあるでしょ。あれって、まだ解決してないじゃない！」

〝解決〟という言葉を持ち出した慧が永人を振り向いた。嫌な予感がする。

「だからぁ永人君……これはひょっとしたらひょっとして、僕たちの出番かもしれないよっ」

「出番？　ハア。あっしにはなんのことやら」

とりあえず、すっとぼけてみた。が、そんな抵抗もなんのその、慧は予想通りの言葉を高らかに宣言した。

「決まってるじゃない！　少年探偵團の出番だ！」

威勢のいい声が四人の間を渡った。

夏が終わったなあ。永人はなぜか、しみじみと実感した。そして再び始まった。

千手學園の日々が。

参考文献

『銀座　歴史散歩地図　明治・大正・昭和』赤岩州五・編著　原田弘・井口悦男・監修　草思社
『花柳界の記憶　芸者論』岩下尚史・著　文春文庫
『いつでも今がいちばん。いきいきと、90歳の浅草芸者』浅草ゆう子・著　世界文化社
『私の浅草』沢村貞子・著　暮しの手帖社
『新装版　昭和モダンキモノ　抒情画に学ぶ着こなし術』弥生美術館　中村圭子・編　河出書房新社
『史料が語る大正の東京100話』日本風俗史学会・編　つくばね舎

光文社文庫

文庫書下ろし

千《せん》手《じゅ》學《がく》園《えん》少《しよう》年《ねん》探《たん》偵《てい》團《だん》　真《ま》夏《なつ》の恋《こい》のから騒《さわ》ぎ

著　者　金《かね》　子《こ》　ユ　ミ

2021年7月20日　初版1刷発行

発行者　鈴　木　広　和
印　刷　堀　内　印　刷
製　本　ナショナル製本

発行所　株式会社　光　文　社
〒112-8011　東京都文京区音羽1-16-6
電話 (03)5395-8149　編　集　部
8116　書籍販売部
8125　業　務　部

ISBN978-4-334-79218-3　Printed in Japan

組版　萩原印刷

光文社キャラクター文庫　好評既刊

ことぶき酒店御用聞き物語5　湖島温泉の未来地図	桑島かおり
社内保育士はじめました	貴水《たかみ》玲《れい》
社内保育士はじめました2　つなぎの「を」	貴水玲
社内保育士はじめました3　だいすきの気持ち	貴水玲
社内保育士はじめました4　君がいれば	貴水玲
社内保育士はじめました5　ぜんぶとはんぶん	貴水玲
千手《せんじゅ》學園少年探偵團	金子ユミ
千手學園少年探偵團　図書室の怪人	金子ユミ